英雄夫婦の冷たい新婚生活 1

汐月巴

イラスト：だにまる

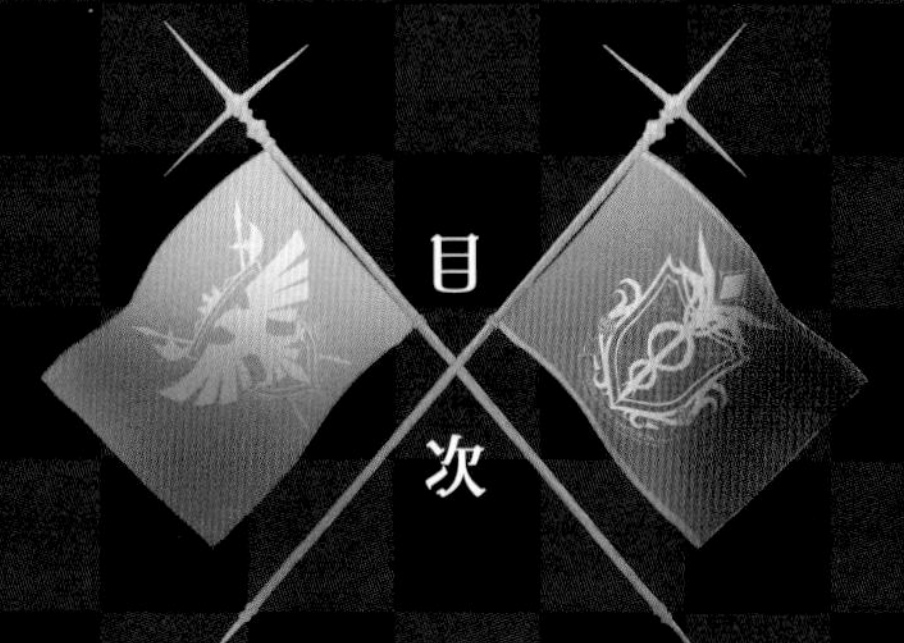
目
次

英雄夫婦の
冷たい新婚生活1

汐月 巴

MF文庫J

口絵・本文イラスト●だにまる

第一章　英雄夫婦の離縁バッドエンド

「離婚って、それはマズいよ。アルマ中佐……！」

恰幅のいい初老の男性が憂いを滲ませて唸った。

東の大国と名高い軍事国家フェデン、西部の中心都市ジョンポート。

その市に置かれるフェデン国西方軍の司令部にて。

西方軍司令官である初老の男性——国軍中将のホワイトが座する正対には、もうひとり年若い軍人の青年がいた。

「妻とも既に話し合ったことです。式の仲人を引き受けてくださったホワイト中将には、面目ありません」

背筋を伸ばした隙のない居住まいで、目をそらさず青年は真っ向から応じる。

国軍中佐、アルマ・ストレン。

光を呑む黒髪。堂々たる声色に加え、利発そうな切れ長の双眸。

屈強というほどの躯体ではないが、軍服を内側から押し返す逞しさが確かに窺える。

齢二十にして中佐という地位に就いた異例の若輩。どんな過酷な任務も平然とこなしてきた冷静な彼にして、今だけは隠そうとしても隠しきれない苛立ちが漏れていた。

「本日はその報告に。妻も挨拶するのが筋かと思い、連れてきました」

「えっ!? き、来てるの?」

「廊下で待たせています。呼ばせていただいても構いませんか」

「えぇ……来ちゃった以上は仕方ないけど、ここ一応、フェデン軍部の施設だからね。民間人をほいほい招き入れちゃうのは困るなあ」

「ハッ。金輪際致しません。エリーゼ、中将がお目通りしてくださる。入りたまえ!」

「うん……この注意、前にもぼく何度か言ってるけどね……」

本当に聞き届けてもらえているのかと、胡乱(うろん)げに呟(つぶや)くホワイトだった。

さておき、アルマの妻が入室してくるのを、じっと待つ。

それから――しばし、時が過ぎた。

刻々と続く沈黙。ホワイトが疑問符を浮かべた頃、アルマはひくっと眉を持ち上げ、足早に移動する。その勢いのまま扉を押し開いた。

よもや挨拶を放り出して遁走(とんそう)したのかと思ったが、はたして、妻は眼前にいた。

「貴様……いるなら、なぜ入ってこない?」

尋ねたアルマが、エリーゼを高圧的に見据える。

膝裏に届くほど長い金髪。

鼻先まで垂れた前髪の隙間から、深紅の双眸(そうぼう)がちらりと覗(のぞ)く。

そこでスカートの裾を小気味よく左右に揺らす彼女は、妙に上機嫌に映った。

生き生きとした瞳で、胸元まで掲げた両の掌へと、一心に視線を注いでいる。何かを手中に包み込んでいるようだが……そこに上機嫌の理由があるのだろうか。

が、アルマにとって、彼女の機嫌はどうでもいい。

こちらの声掛けに気づいていないのか、それとも、嫌がらせで無視しているのか。

どうであれ、眉間に皺を寄せるアルマは、さらに声を張って呼びかけた。

「おい。エリーゼ！」

「……」

すっ、と彼女の目線が持ち上げられる。

そして、こちらを視界に収めた途端、エリーゼはめちゃくちゃ嫌そうな顔をした。

先の機嫌の良さが嘘のようだ。

「いきなり大声を出さないで。何なの？」

「いきなりなものか。さっきから呼んでいるだろ。さっさと部屋に入れ」

「こんな場所に連れ出しておいて、ずいぶんな物言いをするじゃない。こっちは、『ユニファミ』のグッズ販売会を断腸の思いで切り上げて来てあげたのよ」

言いつつ、エリーゼは右手を突き出した。

よく見れば、指先に何かつまんでいる。ボールチェーンに繋がったミニフィギュアだ。

額に角が生えた白馬……一角獣を模したファンシーな造形である。

『ユニファミ』、――正式名をユニコーンファミリーという人気キャラクターブランド。可愛（かわい）いもの好きであるエリーゼのお気に入りで、情熱的にグッズを収集していた。上機嫌だったのは、戦利品であるグッズを愛（め）でていたおかげだったのか。

その喜びも、アルマを前にして、膨らみ切った不満に押しのけられたようだが。

「せっかくの限定グッズが、コンプリートできなかった」

「知らん。どうでもいい。部屋に入れ」

「いま、『ユニファミ』を軽んじた？　万死に値するわ」

エリーゼの眼差（まなざ）しが剣呑（けんのん）さを帯びる。

視線を向けられたのが一般人なら、きっと震え上がるだろう眼力の鋭さだ。

それを、アルマは眉一つ動かさずに撥（は）ね除（の）けた。

「いいから、さっさと、部屋に入れ！」

「頭ごなしに指図されるのは不愉快よ。さながら『ユニファミ』の主人公ユニちゃんのライバルであるガラクタ島の鬼畜ロボみたいな強引さね」

「語るな。うっとうしい！」

「あなたが深々と頭を下げて謝罪するまで、私はテコでも動かないわよ」

気分を害したと被害者面のエリーゼが宣（のたま）った。無駄に威勢がいい。

ちっとも話が進まず、アルマは額に浮かぶ青筋を濃くした。

そんなとき、執務室で待つホワイトから呼び声が届いてくる。

「エリーゼくん、まだぁー？」

「あら。いま行きます」

潔い前言撤回ぶりで、軽やかに足を動かしたエリーゼが入室する。

変わり身の早さに目を見張るアルマは、廊下に置き去りにされた。一瞬出遅れて、エリーゼの後を追う。

アルマ当人が相手でなければ、こうもすんなり話が進むか。

文句を言いたいところだが、エリーゼは早速、ホワイトと挨拶を交わしていた。

「お久しぶりです、中将さん。少し痩せました？」

「はは、二回りは太ったよ。ご無沙汰だね、エリーゼくん」

「半年ぶりですね。結婚式ではお世話になりましたから、中将さんを無下にはできず、足を運ばせていただきました。日を改められたら、どれほどよかったことか……」

「すっごい不満そうだ……何というか、大切な用事を潰してしまって、ごめんね」

廊下での言い合いが聞こえており、いたたまれなくなったホワイトが詫びた。

それから、おずおずと慎重な口ぶりで、エリーゼに尋ねる。

「ええと……アルマくんから聞いたところだけど、本当に離婚しちゃうの？」

「だ、だけど、きみら結婚して一年も経っていないよ。時期尚早というか、もうちょっと考え直したほうがいいんじゃない？」

「いいえ」

「…………………」

ホワイトが目元に翳を落とし、手で額を押さえた。

「えっと、もうひとついいかい。……エリーゼくん、腰元のそれは？」

「愛剣です。離婚の報告と聞いたので」

「おかしいな……正しく話が伝わっているとは思えない……」

「他の何を差し置いても必要かと思って」

「この状況のどこに用途を見出したの!?」

「ふふふふ」

「怖い！　笑顔がすごく怖いよぉ！」

己の肩を抱き、ホワイトが青ざめた顔で叫ぶ。

薄い笑みのエリーゼは、シャリシャリと鋼の擦れる音を剣から鳴らしていた。

寒気を覚える姿に一転して沈黙するホワイトだったが、深く嘆息すると、とぼとぼとソファに座り直す。

「はい」

　その対面で、アルマとエリーゼも横並びに腰をおろす。さながら猛獣の縄張り争いかのごとく視線でお互いを牽制しており、心なしか部屋の気温が下がった気がした。

　半端ではない居心地の悪さが漂う空間で、元凶の夫婦が火花を散らす。

「まったく……僕に無意味に突っかかってくるのも大概にしろ。時間の無駄だ」

「人を非難する前に自分の行いを顧みたらどう？　まず私に対する口の悪さを矯正してくるべきね。他の人にはそこそこ慇懃に接するくせに、なぜ私にはできないの？」

「僕の礼節をそこそことか言うな。僕は軍人として上下関係を遵守しているだけだ。敬意を示すべき相手かどうかは、僕が選ぶ」

「謎が深まったわ。それなら、私にも敬意を示して然るべきじゃない」

「自分を格上だと信じて疑わないのをやめろ。たわけが！」

「そっちこそ、当たり前みたいに私を見下すのはやめて。不愉快極まりないわ」

「はんっ、お褒めの言葉が望みか？　いいだろう、きみが勝る点を見つけたぞ。己の不平不満を解消することに前のめりで、状況の最善を鑑みない短絡的な思考は一級品だ」

「ふ、ふふ……言ってくれるじゃない。でも――お生憎さま、本当に私が短絡的だったなら、とっくに剣を抜いていたわ。つまり、あなたの言い分は見当違いもいいところ」

「おや。気のせいかな。声が震えているぞ。実のところ我慢の限界なんだろう。珍しく理性を働かせているが、どうせすぐにボロを出す。きみはそういうやつだ」

「気安く私を語らないでほしいわね、あなた風情が！」

「――……」

「……――」

「ちょ、そこまで、そこまでにして二人とも!?」

暴力沙汰に及びかねない気配を察し、ホワイトが必死の形相で止めにかかる。

アルマとエリーゼは不服そうに鼻を鳴らし、互いに顔を背けた。

この短時間で心労が重なり、悄然と肩を落とすホワイト。

「きみらの気持ちはともかく――……離婚は、簡単にはいかないかなあ」

「……」

「？　どうして」

口を真一文字に結ぶアルマの隣で、エリーゼが疑念を呈した。

醸される空気の質が変わる。真に迫った声色で、ホワイトは明快な事実を並べるかのように続けた。

「きみら二人の立場はね、特別なんだ。世間から注目を浴びすぎている」

過去に想いを馳せる、遠い眼差しで。

「知っての通り、ここフェデン国は隣り合う西国ウェギスと長いこと戦争をしてきた。終戦を迎えたのはわずか一年ほど前、今でこそ両国は和平を結んで復興期に入っているけれど、戦時中からすれば奇跡のように平穏な光景だろう」

「……」

「新時代の功労者となったのは、西国ウェギスを徹底して滅ぼす姿勢でいたフェデン国の前政権に対し、クーデターを成功させた東西連合軍。戦争を終わらせるため、敵対していた国軍の一部とウェギス国の兵隊とが結託した。それぞれを率いたのが――……」

視線を往復させ、ホワイトが目配せする。

「そう、他でもないきみたちだ。終戦後に結婚したきみらは、根深く敵対していた東西の垣根を超え、両国から大いに祝福された。まさしく平和な時代の幕開けだとね。いまや世間では両国に安寧をもたらした『平和の象徴』だよ」

ソファから腰を上げ、窓際に歩み寄ったホワイト。

そこから見渡せるのは、澄んだ青空の下で、多くの市民が往来する街並み。

その光景を目に焼け付けるようにして部屋の内側へと視線を戻す。

「繰り返すけれどね、きみらは――ストレン夫婦は、東西の『平和の象徴』だ」

いっそ鬼気迫る声色に、誰かが固唾(かたず)をのんだ音が響く。

深刻な面持ちのホワイトは、言葉にするのも憚(はばか)られるように重い舌で紡いだ。

「もし、きみらが離婚したと世間に知れ渡れば、動揺は隅々にまで広がってしまう。フェデンとウェギスが再び対立を煽(あお)られ、挙句には第二の戦争にまで発展する恐れがある。わかるかい？　このままじゃあ東西の平和が、こう、とにかく……ヤバい！」

「――!?」

「……いささか大袈裟かと思いますが……」

素直に瞠目するエリーゼと、可能性に理解は示しつつも半眼のアルマ。

危機感が思いのほか響いておらず、わりとガチに半べそをかき始めたホワイトは、

「い、いやね、これは決して些細な問題じゃないんだよ。当事者であるきみらは、ひょっとしたら自覚が薄いかもしれないけれど、周りにとっては一大事だからね……？」

「はあ」

「そ、そもそもだけど、ぼくだってまだ信じられないよ。結婚したばかりの頃はラブラブの夫婦だったじゃない。そうでしょ？」

一縷の望みに縋る必死さでホワイトが尋ねる。

あわよくば幸福な情景を呼び起こさせ、心を繋ぎとめてはくれないかと……が。

「……らぶ、らぶ…………はぁ～～～～～～～～～～……」

「…………………………………………………………結婚当初……ふっ」

「めちゃくちゃ嫌そう!?」

見たことないほど長い溜息をつくエリーゼと、いっそ冷血漢のように鼻で笑うアルマを前に、ホワイトの悲痛な叫びが空虚に反響した。

いや、しかし――ホワイトはかぶりを振るう。自分が知るはずの夫婦は、決して、こんな愛想という愛想が尽き果てたカップルではなかった……！

魂が抜け落ちた昏い瞳の夫婦を前に、ホワイトは思い返す。

戦地という過酷な環境下で紡がれた英雄同士の恋愛譚、そのハイライト。

このような末路を迎えてしまう前にあった、幸福な晴れ舞台を――……。

東西の歴史にも刻まれたストレン夫婦の結婚式、その当日。

両国の重鎮が列席し、大手メディアも取り上げた。現地に赴けない市民の多くは歴史的な瞬間をその目に焼き付けようと、ラジオやテレビを囲むように集まった。

式場としては、フェデン西方で最も広大な聖堂が特別に貸し出されている。

そこに立った新郎新婦、アルマとエリーゼは誰の目から見ても――

「綺麗だ、言葉では伝えきれない。きみを愛している……」

「……私も好き。アル、愛しているわ。世界で一番、誰よりも」

周囲など気にかけない惚気ぶりをまき散らしていた。

「あのおー、愛の誓いは、まだ先なんですけどお!?」

段取りを無視され、事あるごとに二人の世界に入るおかげで司祭がキレ気味に叫んだ。

それが聞き流される光景も、もう何度見せられたかわからない。

同情の余地しかない司祭に参列者は気の毒そうな目を向ける。式は一向に進まないが、あの甘すぎる空気に割って入る度胸の持ち主はいない……かのように思えた。

「二人ともその辺にしてさ、ほら、司祭も困ってるから」

「！　ホワイト中将」

アルマを我に返らせることに成功したホワイトに、参列者から感嘆の声が重なる。

遠目だが声の届く距離で、信頼する上官を視界に入れたアルマが相好を崩す。

「これは失礼。気づきませんでした」

「あはは……あれだけ夢中ならね。仲が良いのはいいことだけど」

「いつから来ていたんです？」

「そこから!?」

「ああ、申し訳ない。そういえば式の最中だった」

「そこまでうっかり忘れる人いるかな。当事者だよね、きみ」

「……エリーゼ。きみは美しい」

「二人の世界に戻るの早すぎない!?」

結局、結婚式を進展させることは不可能だった。

ふがいない結果に参列者からはヤジが飛び、ホワイトが肩をすぼめて着席する。

万策尽きたと司祭は目元を覆うが、アルマとエリーゼの愛情表現は歯止めがきかない。

「エリーゼ。好きだ」

「聞かせて、もっと」

「エリーゼ………好きだあ――――――――!!」

愛をねだる新婦の期待に、新郎が全力で応えた。

声量の圧で参列者たちは思わずのけぞる。これが後に市民の間で流行する『絶叫する英雄』である。

感極まったエリーゼのほうから、とうとう瞑目（めいもく）して唇を差し向ける。

一貫して怜悧（れいり）な面構えのままアルマも緩慢に顔を近づけた。

またしても段取りを無視されつつも、式の山場を漫然と流すわけにはいくまいと、気を取り直した司祭が参列者やメディアに向かって声を上げる。

「……やるんですね、いまここで！　いいですか、皆さんいいですか。聖堂の鐘も合わせて鳴らす準備を、急いで！　お二人は私たちを待ってはくれません、さあ早く早く早く、はいキス……ってもうやってる!?　今すぐ鳴らして、ほら、鳴らせ――!!」

荘厳な鐘の音が響き渡る。数多（あまた）のカメラが祝福の瞬間を切り取ったのだった。

◇

（それが、どうしてこうなっちゃったんだろう……）

追憶から立ち戻ったホワイトが、額に添えた掌の隙間から正対を流し見る。

執務室に備え付けられたお茶菓子を淡々と口に運び、ぱくぱくと頬の動きが止まらないエリーゼ。真面目な話の最中だというのに、甘味に目がくらんでいる様子だ。

所作だけは恰好がついており、一見すれば麗しいティータイムに見紛う。

実態は自制心をちっとも働かせていないだけなので、アルマは白眼視していた。

「……食べ過ぎだ。遠慮というものを知らないのか」

アルマの苦言を受け、異を唱えるようにエリーゼがキッと凛然と睨み返す。

「なにをひぃっていふの。もてなひをふけるのがふぁくだとへも？」

「食べながら喋るな！　何を喋っているのかわからないのはこちらのセリフだ！」

「だいふぁい、あにゃははこまはいこふぉをきにふぃふひ。めいふぁふぁふよ」

「迷惑被っているのも僕のほうだ。細かいことを気にしすぎだと言われる筋合いはない」

「ねえ、めちゃくちゃ意思疎通できてない？　すごくない？」

目を丸くするも、当のアルマたちは険悪でそれどころではない様子だ。

そんな二人のあいだへ、ホワイトは「ま、まあまあ」となだめに割って入る。

「何だかんだ、きみたち今まで仲良くやれてきたじゃないか。だから……早まる前に聞かせておくれよ。離婚だなんて、軽々しくできる決断じゃない。何か、よほどの事情があったんじゃないのかい?」

気遣いがちに尋ねられ、アルマは神妙な面持ちをつくる。

「ええ、お恥ずかしながら。僕としても一年足らずで夫婦生活を終わらせるのは本意ではなかったのですが、こちらにいるバカ……あぁ失礼。このバカが元凶なのです」

「言い直しきれてない、言い直しきれてないよ、アルマくん⁉」

「私からも中将さんにお詫びします。人の心がわからない鬼畜ロボが、不甲斐なくて力不足で情けないばっかりに。人間としてどうかと思いますよね。なかなかどうして、ロボというのも言い得て妙だったかしら。物事の効率ばかり重視していてバカみたい」

「エリーゼくんも彼を煽らないで⁉　あっあっアルマくんどうか落ち着いて‼」

鬼の形相で立ち上がったアルマを、必死な慌てぶりでホワイトが窘める。

深呼吸をして、どうにか頭を冷やしたアルマが改めて口を開く。

「ふ……僕はこの上なく冷静です、見ての通りね」

「どう見ても冷静な人の顔じゃなかったよ」

「そんなことより事情を説明させていただきますが、構いませんか」

「ああ、うん……」

夫婦に振り回されて早々に悄然としているホワイトが頷いた。

そうしてアルマが語りだしたのは、つい昨日の出来事だった――……。

◇

「――誘拐？　ウェギス国の外務大臣が、この西方で？」

唐突に舞い込んできた驚愕の事件に、アルマは切迫した声色で聞き返す。

顔面蒼白の様相で眼前にいる男は、平常なら中央司令部に勤務しているドグマ大佐だ。

記憶によれば、彼は外務大臣の警護責任者を任されていたはずである。

神経質そうに眼鏡を押し上げるドグマは、落ち着きのない素振りで首を振る。

「いや、行方がわからなくなっているのは外務大臣のご息女だ」

「ご息女？　まさか、家族同伴で公務に訪れていたのですか……？」

「実はそうなのだよ。とんだ家族バカだと笑わないでやってくれ、無論ワタシもそんなことは考えていないが。どうしてもフェデンに行きたいという娘の駄々を外務大臣は断れなかったそうなんだ。まったくいい迷惑さ。ワタシはね、そんなこと思っていないが」

「そうですか……」

「ともかく、我々警護班が目を離した一瞬の隙だった、ご息女が忽然と姿を消していたんだ。おかげで外務大臣はお怒りだよ。それに娘をさらったのは東の過激派だと言い張って聞かない。心配性なきらいがある人だとは思っていたが、ここまで重症だとは！」

「………………」

「ワタシは、そんなこと思っていないがね？」

「お話をうかがう限り、誘拐とは限らないのでは。断定した根拠はあるのですか」

「クク、そんなものはない。だが外務大臣に面と向かってそんなこと言えるか!? すでに誘拐の線で捜査を始めている。万が一にでも、本当にテロ組織の標的になっていたのだとすれば、東西対立の危機に直面しかねない！」

「――……。それは、おっしゃる通りです」

「だろう？　いやあ、きみならわかってくれると思っていたよ。そこで協力を頼みたい、きみがいれば最悪の事態だけは免れるはずだ、ストレン中佐！」

切実に訴えていたドグマは、ここぞとばかりに縋り寄ってくる。

「外務大臣の愛娘……ニナ嬢の救出はくれぐれも、傷ひとつ付けずに完遂するぞ！」

「ハッ」

仮にも上官命令である。軍服の襟を正したアルマは司令部の外へと足を向けた。

それが露ほどの可能性だろうと、東西平和の存続を死守するためなら、アルマは全身全霊で戦うことを厭わない。凄みを宿した横顔は、英雄のそれに変貌していた。

——同時刻。

雑貨店を巡り歩くエリーゼが、愛する『ユニコーンファミリー』のまだ見ぬキャラグッズを探していたところ、その段取りを中断せざるを得ない事態に直面した。

「あなた……迷子？」

つい声を掛けた相手は、まだ幼い少女だ。見たところ年齢一桁。

保護者らしき大人も連れず、きょろきょろと不審な挙措で街道をひとり歩いていた。そのため、親とはぐれたのだろうかと思ったエリーゼだったが、

「迷子って、あたしが？　ちがうわよ」

当の少女は、子ども扱いが心外だと言いたげに顎を持ち上げた。

「さがしもの。用がすんだらパパのとこへ帰るもの」

「そう……。探し物って？」

「あなたにはカンケイないわ。いそがしいの、かまわないでちょうだい」

にべもなく突き放し、小さな歩幅を精一杯に広げて少女は立ち去ろうとする。

だが……ぴたっと、すぐに足が止まった。

前方から接近してくる巡回中の憲兵を避けるように、少女は焦り顔で身を翻す。ぱたぱたと足早に移動して、物陰に矮躯（わいく）を押し込むと、憲兵が通り過ぎるまで息を潜めた。

憲兵が完全に立ち去った後も、油断なく左右に視線を振って、安全を確信した頃にようやく物陰から出てくる。人馴れしていない仔猫のようだ。

そんな一連の行動を後方から眺め、エリーゼは察する。

「憲兵に見つかったら、無理やりにでも保護されちゃうから隠れたのね。探し物を見つけるまでは、絶対に帰りたくない……そういうこと？」

「……うっ」

図星を指された少女がたじろぐ。

頼りなく揺れる瞳。先の態度も強がりだったと見て取れる。

このまま別れたとして、早々に少女は保護されるだろう。子どもの独り歩きというのは目立つ。憲兵でなくとも、善良な一般市民であれば、少女のためを思って親元へ帰る手助けをするはずだ。それが大人として正しい行動には違いない。

だが、それでは少女の望みが叶わなくなる。

他ならない少女自身も、それを理解しているからこそ、見ず知らずの大人を頼らないのだろう。己の望みに添えないのなら、それが善意でも迷惑になるのだ。

でも、頼れるものなら頼りたいはずだ。でなければ、そう不安を露わにしないだろう。

少女の味方に立てる大人がいるとすれば、それは――彼女の意思を尊重して力を貸せる者だけに違いない。

そして数奇なことに、少女が巡り合ったのは、その性分を持ち合わせる人間であった。

「ねえ。目的を果たしたいのなら、きちんと周りを利用してみたらどうかしら。意地を張るよりも、そのほうがよっぽど大人らしい振る舞いだわ」

子供扱いを抜きにして真摯に語り掛けるエリーゼに、少女はハッとした。

（……な、なんて大人らしい女性なの、このかた!?）

情けをかけるわけでもなく、ただ対等な目線で自分に語り掛けている。

たとえ拒もうと、その意思を彼女は尊重するだろう言葉の重みさえ感じられた。

「……くぅ……！」

少女は歯がみした。ただ何となく、このまま懐柔されるのは癪だったのだ。

むしろ反発心を煽られ、子供らしい感情だと理解しながらも無性に手を払いたくなる。

が、流石にそれは恥知らずが過ぎる。小さな胸のうちで育まれた気位の高さが、そんな無様を許さなかった。

悔しさで顔を赤らめつつも少女は、どうにか、すんでのところで余裕を取り繕った。

「いいわ。あたしはニナ。あなた、あたしのお手伝いをしてくれるのよね」

「あんなに偉そうにしておいて今更断らないわ。任せて」

「……。……そう？　ありがとう。それで、あなたのおなまえは？」

そう、あくまで己は相手を認めてあげる立場。ニナは腕を組んで尋ねた。

西国の重鎮である父の名に懸けて、容易にへりくだるわけにはいかないのだ。

背伸びするニナに対して、エリーゼはたおやかな微笑を向けた。

「私はエリーゼ」

「………エリーゼ？　ふうん、あの『西の英雄』とおなじおなまえなのね」

「うん？　ああ、それ私」

「……？？　なんのジョークかしら……」

「だから——あ、そっか。騒ぎにならないように変装してるんだった」

エリーゼは人目を気にしつつ、つば付きの帽子を傾けて伊達メガネもずらす。

膝を折って目線を合わせた素の相貌は、正面に立つニナにのみ晒された。

「………………」

ニナの目が点になる。

『西の英雄』といえば、ニナの母国であるウェギス出身の伝説的な女性である。

戦争を終わらせて東西を平和に導いた二人の英雄、その片割れ。パートナーである『東の英雄』ことフェデン国の軍人アルマとの恋愛譚はあまりにも有名だ。

それは特にニナのような、色恋に敏感な年ごろの少女にとって羨望の的だった。

「——エ、エリーゼ、さま……!?」

「様？」

「ごめんなさい、あたし、そうとも知らず……！　ど、どうしましょう、とても失礼な態度をとってしまったわ。頭ならいくらでも下げますから、パパが！」

「パパ？」

「……パパのことならいいの、あたしがお願いすればなんでも聞いてくれるから……。それより、エリーゼさま、どうかあたしを手伝って！」

一気に態度を軟化させたニナに、当惑気味のエリーゼが首を傾ける。

そうして堰（せき）を切ったようにニナは事情を語った。少女の探し物、それは――

「……風船？」

「動物さんみたいに結んでくれて、かわいかったのよ。でも、びゅわって風で手元から飛ばされちゃって、急いで追っかけたけど見つかなかったわ」

「そんなに、特別なモノだったの？」

「………妹がいるの。体が弱くてあんまり遊べないけど、あたしと同じでエリーゼさまのファンなのよ。もしかしたら会えるかもって、パパにお願いしてこの街に連れてきてもらったわ。でも、すぐ疲れて寝こんじゃった。いまはおうちで休んでる」

形のいい眉を八の字に傾（かし）げ、ニナは頼りなげに呟（つぶや）いた。

「このままじゃ妹がかわいそうだわ。だから、あの風船をあげたいの。きっと落ち込んでるだろうから、ちょっとでも元気になってほしくて」

「そっか……事情はわかったわ。いいお姉さんね、あなた」

この上なく優しい声色で、慈しみを持ってニナの小さな掌を取った。

英雄然とした凛々しい姿を、子供の潤んだ双眸が反射させる。

「任せて。どんなことがあろうとも、あなたの願いは、私が守ってあげる」

――この約束が、誘拐事件の解決に動く国軍を大いなる混乱に招くことになる。


西方司令部に呼び戻されたアルマは、驚きの報告を受けた。

「本当に誘拐事件だった、ですって!?　それは本当ですか？」

「本当だ。ワタシも耳を疑った。だが本当に…………本当だ」

憮然とした面持ちのドグマ大佐が一層顔色を悪くしながら言い切った。

震える指先で眼鏡のブリッジを押し上げると、やたらと目が泳ぐ様が露見する。

「外務大臣のご息女と思わしき少女を目撃した憲兵がいたのだよ。直に声をかけて本人だと確認も取れたが、保護しようとした矢先に妨害を受けたらしい」

「妨害？」

「ああそうだ、誘拐犯が実在したことの証左だよ。このような恐ろしい事態に発展することを、ワタシは初めから恐れていたというのに……！」

「……む？　外務大臣の妄想だと言っていませんでした？」

「シッ！　話の腰を折るな。話を戻すが、誘拐犯は女だったと聞いた。顔の見えづらい風貌でいたそうだし、不審人物であることは疑いようもない」

「思い込みが過ぎる気もしますが……ともかく、ご息女の保護を急ぎます」

「油断するな中佐！　相手は女とはいえ、すでに何人も返り討ちにあっている。きみのことだから心配は要らないとは思うが、失敗は許されない。心して掛かってくれ！」

余裕がなくなっているドグマの叫び声はヒステリックに響いた。

——と。

最も新しい目撃情報のあった現場へと速やかに到着したアルマは、次に誘拐犯が向かったであろう場所に考えを巡らせる。

が、現場は街道だ。幾筋にも道が分かれており、手掛かりもない状況で推測は難しい。

有効なアプローチを検討するアルマは、やがてひとつの方法を閃いた。

周辺を見回して、やがて背の高い建造物を見据えると、そちらへと足を向けた。

……そして数分後。

目を付けた建造物の頂部に、アルマは移動を終えていた。その道程は、道なき道を驚異的な身軽さでぽんぽん跳ねて飛び移るという、運動能力に物を言わせた力業で踏破した。

「——よし。ここなら周囲一帯を十分に見渡せる」

狙い通り、街並みを俯瞰するには絶好の位置取りだ。満足げに頷く。

現在、誘拐事件を解決すべく憲兵やフェデン兵が街中に展開されている。そこでアルマが注視するのは、街を往来する人々の流れだ。

もし誘拐犯と接触があれば、騒ぎを聞きつけ、兵士たちがそちらへ流れ込むはずだ。

アルマの目はそれを見逃さない。鷹（たか）のように眼光鋭く、全方位を俯瞰（ふかん）する。

やがて――……。

「――！」

捕捉した。

遠方で、憲兵らが慌ただしく移動していく光景が映る。それだけでなく、各地で別々で行動していた兵士たちも、目指すべき目的地を確信したように迷いない足取りで移ろう。

彼らの向かう先に、誘拐犯がいる可能性は高い。

高所の突風に背を押されるようにして、アルマは手近な建物の屋上へと跳んだ。それを何度か繰り返し、地面を走るよりも格段に速いペースで目的地に向かう。

間近に迫ってきたのはフェデン西方の名所――『勇気と慈愛のつがい』。

一組の男女が剣と花束を掲げる姿をかたどった像を中心に、大きな円形を描くように鎮座する荘厳な噴水広場だ。東西の終戦記念に設計された場所でもある。

どことなく像の意匠に見覚えがあるというか、自分たち夫婦に似通った造形をしているのが披露された当初から気がかりだったが……深くは考えまいと心を閉ざした。

ともあれ、近頃は若者たちにとって恋愛成就のスポットにもなっているらしく、今のような昼時であれば少なくない大衆が身を寄せていてもおかしくはない。

だが現状そうはなっていなかった。

憲兵たちの手で民間人の人払いは済んでいると見える。噴水広場には、続々と押し寄せるフェデン兵の姿も視認できた。

そして、とうとう物々しい喧噪が耳に届いてくる。

「交戦中か！」

迅速に状況を見極め、一息に跳躍して現場に降り立った。

付近にいた憲兵が瞠目し、文字通り降って湧いたアルマを起点に驚愕が伝播する。

「あなたは……ストレン中佐!?　応援に来てくださったのですか、心強い！」

「ああ。きみ、状況を聞かせてくれ」

暗中模索のなか、一筋の希望を見たような反応の憲兵へ、アルマが尋ねる。

緩みかけた表情を再び引き締め直した憲兵は、口早に報告をした。

「敵はひとりです。国軍の方々が戦っておられますが戦況は芳しくなく……誘拐された女の子の救出は難航しています」

「大臣の娘は、無事が確認できているのか？」

「はい。あちらのストレン夫婦像の裏手に」

「……。あれはね、僕らじゃないよ。モデルになると許可した覚えもないんだ」

「ハッ。そうでしたか、失礼しました！　それと誘拐犯は——あっ、ちょうどここから見えます。ストレン夫婦像の正面に！」

「だから僕らじゃない」

渋面をつくって否定するアルマはともかく、憲兵の指さす方角を眺める。

目を凝らし、その輪郭を正しく認識して——……絶句した。

アルマ以上の上背を持つ屈強なフェデン兵が仰向けに倒れこむ。その向かい側には、掌底を突き出した構えで佇む金髪の女性が周囲を威圧していた。

つぶらな小鼻に愛嬌のある眼鏡が乗ってさえ、和らげられない冷ややかな双眸。

鮮血に濡れた白刃のような鋭い視線に、屈強なフェデン兵や憲兵たちさえたじろぐ。

そんななか、ただひとりアルマは別の意味で固唾をのんだ。

「ご覧になりましたか、中佐！　あの誘拐犯、只者じゃありません。ただどことなく見覚えがあるというか、似通った風貌のものを直近で見た感覚があるのですが」

憲兵が口惜しそうに呟く。その隣でアルマも口端を引き攣らせた。

それもそのはずだ。この噴水広場にいる誰もが視界に入れている男女の像、一方の女性像と誘拐犯である女の相貌とが酷似しているのだから。

引き攣ったアルマの口端は、出来損ないの笑みを形作っていた。

「……仕事疲れが祟ったか？　なぜだろう、最愛の妻にしか見えない……」

「え？　なにか言いましたか、ストレン中佐殿」

小さな独り言は、周囲の耳には届かなかったようだ。

アルマは激しくかぶりを振るう。自分がエリーゼを見間違うはずがない。

たとえ、容姿が瓜二つな他人であろうと、極度の疲労が見せた幻覚であろうと、本物を前にしてしまえば偽物はしょせん偽物だと看破する自信がある。肉眼ではなく心眼で。

それこそ夫婦の愛情が為せる業だろう。得意げにフフンと鼻を鳴らすアルマを、傍らの憲兵は感服するかのように眺めた。

「流石はストレン中佐殿。安心感が違います、状況に恐れなどないのですね」

「ええ？」

咄嗟に尋ね返すアルマ。自信が違った形で捉えられてしまった。

とはいえ、この場にいる誰よりも状況を恐れていないのは事実かもしれない。それは誘拐犯の正体にアルマだけが気づいているがゆえだが、はたして……本当にそんなことがあるのだろうか。

「なあ。憲兵のきみたち、本当にあそこの誘拐犯らしき人物が誰だかわからないのか？」

「ええ、我々一同、喉元までは出かかっているのですが、皆目見当つきません」

「そうか。ならば、どうかなさっているのは、きみたちさ。なんなんだ憲兵、顔面の識別能力が赤ん坊並みじゃないか。ともすれば、いないいないばあが現役で通用しそうだ」

「――よかった。ストレン中佐。早速駆けつけてくれていたか！」

背後からの声に振り返ると、いま到着したと思わしきドグマ大佐に肩を叩かれた。

事件解決を焦り、慌てて駆け付けたのだろう。荒い呼吸を整えていた。

「ふぅ、はぁ……あれが、誘拐犯か」

眼鏡を押し上げ、理知的な瞳を光らせたドグマが焦点を結ぶ。

アルマの背筋に冷たいものが走った。どんな経緯があったのかはともかく、エリーゼの立場は非常に危うい。このままでは犯罪者として捕らえられてしまう。

「あの誘拐犯どこかで………」

「お待ちを。ドグマ大佐、これは――」

「見覚えがある気がするが、微塵も思い出せない」

「貴方も!?　もういいので大佐は全員下がらせてください。僕が収拾をつけます」

頼りない味方を追いやってアルマが前進する。

英雄としての実績が周知されているだけあって速やかに前線を明け渡された。

「エリ……いや、誰だか知らないが、地上の誰よりも美しいそこのきみ、そこまでだ！落ち着きたまえ！」

彼女の正体が周囲にバレないよう、名前を伏せて声高に呼びかける。

人の波を割って現れた彼の存在に気が付き、エリーゼが目を丸くした。

「えっ？　あぁ……びっくりした。腰が抜けそうなくらい格好いい紳士が現れたかと思ったら、なんだ、アルだったのね。私の旦那さんに勝るとも劣らない最高の男性が、この世に二人と存在するのかと思って驚いてしまったわ」

心に決めたパートナーがいるにも拘わらず、不覚にも心奪われかけたと、そんな軽薄な考えを抱かずにすんでエリーゼは胸を撫で下ろしていた。

生温かい眼差しで、アルマが微笑を掲げる。

「ふふ。夫婦だけあって、似たような考えをするものだな」

「その口ぶり、もしかして、あなたも？」

「ああ。きみがいるはずないと一瞬思ったが、これほど心惹かれる人は他にいないとね。それはそうと、僕のほうこそ驚かされた。一体全体なんだ、この状況は？」

「私は――……人助けをしていただけよ」

「……？」

大勢の人間を振り回した大騒動の中心にいながら、臆面もなくエリーゼは豪語した。

そこに後ろめたさは皆無だと、凛然とした佇まいが物語っている。

詳しく聞きたいところだが、長話していては周囲に不審がられてしまう。もうすでに、誘拐犯を取り押さえないアルマに対し、兵士たちが怪訝な眼差しを向け始めていた。

悠長にしている暇はない。アルマは己の責務を果たそうとする。

「……すまない。もっときみと話したいところだが、僕は為すべき任務がある。きみが連れていた子どもはどこにいるんだ？　早急に、その子を連れ戻さなくては」

「ううん、それはできないわ。ニナのことは、後で私が責任を持って帰すから。悪いのだけど、あなたは周りの兵士さんたちを帰らせてくれない？」

「ん？　いやいや、それは無理だ。任務だと言っただろう」

「……うん？」

エリーゼが首を傾げる。

アルマもそうだが、頼みを断られるとはお互い想定していなかった。

それから、言葉不足を補うためにエリーゼが、最も肝要な思いを口にする。

「私はね、ニナと約束したの。あの子にはあの子の事情があって、いま連れ戻されるのは駄目なのよ。私に全部任せて、いまは帰って。お願いよ」

「それは……できない相談だ。誰がどんな事情を抱えていようと、僕のすべきことは変わらない。その様子ではきみは知らないのだろうが、ことが東西平和の存亡に関わる以上、迅速な解決を遂行する」

「アル、あなた、わかっていないわ。本当に寄り添うべきは……助けを求める個人の事情なのよ」

「いいや。それは違うよ……大局を見据えて動かなくては、真に人を救っているとは言えない。その救いに反する個々人の願いや思いなど、捨て置くべきだ。それ以上に大きな問題が、他にあるのだから」

「――！　撤回しなさい、アル。いくらあなたでも、聞き流せない。今回だって、ニナの気持ちを無視していいはずがないのよ」

「……。子供はどこにいる？　先ほどから姿が見えないが」

エリーゼの要求には応えず、アルマは機械的に問いを投げる。

これでは埒が明かないと思ったのだ。話の雲行きがどうにも怪しい。

そして、不満げな表情で押し黙るエリーゼは、逡巡の素振りを見せた後に、

「教えられない」

と断言した。

アルマを見据える深紅の瞳には、不信感が滲んでいる。

彼女にそんな眼差しを向けられたのは久々だ。まだ面識が浅かった時期を思い出す。東西戦争の最中、互いを敵国の兵としか認知していなかった――あの時を。

……アルマは瞑目する。蘇る記憶のなかには、戦時中に幾度も抱いた己の不甲斐なさも含まれる。これだから、過去を想起するのはどうにも苦手だ。

取りこぼした命を思ったところで、未来が明るくなるわけではないというのに。

（……本当に大切なこと、それは心身に刻まれている。二度と癒えない傷として）

愛用の手袋が傷むほどに、固く拳を握りしめる。

東西平和を尊ぶのは、最大数の人々を救うためだ。延々と平和を実現し続けるのは至難の業だが、アルマが目指す理想こそ、その一点に他ならない。

平和を害する可能性があれば、当の脅威がどれほど些細であろうと、全力で叩き潰す。

それが、アルマが正しいと信じる己の英雄像なのだ。

「……」

顔を背け、視界からエリーゼを消した。

それから視覚と聴覚の神経を鋭敏に尖らせ、周辺の情報を限りなく知覚する。憲兵による包囲網を突破するのは小柄な子どもとて不可能なはずだ。必ず付近にいる。

そのとき、アルマは葉の擦れる音を捉えた。背の高い街路樹が目に留まる。

まさかと冷や汗を伝わせつつ、不自然に枝が揺れる一部を凝視した。一瞥しただけでは判然としないが、よく観察すると——……懸命に街路樹を昇る少女が発見できた。

「あんなところになぜ……存外におてんばだな」

「待ちなさい。最後の忠告よ。ニナに近づくなら、相応の覚悟を持ちなさい」

「覚悟？　あまりに今更だ。僕は僕の信念を貫くと、とうに腹をくくっている」

「……そう。わかったわ」

　エリーゼは――半身を逸らし、道を空けた。

　思わぬ行動に、彼女の顔をまじまじと見つめる。

「どうぞ。通っていいわよ。安心して。後ろから急に蹴ったり、殴ったり、アレしたりなんてしないから」

（……………アレとは？）

　と内心で思いつつ、アルマは彼女の脇を通り抜けた。

　その直後――背後から、半端ではない勢いの上段蹴りが、アルマの側頭部を急襲した。

　あまりにも唐突で、死角からの、情けも容赦もない一撃――。

　ではあったが、アルマは腰をかがめることで、上段蹴りを回避した。

　不意打ちを避けられるとは意外だったのか、エリーゼが目を丸める。

　風に煽られてスカートの裾が舞い上がり、白皙が大胆に晒された脚部。長くしなやかな足を曲げて、エリーゼはブーツの靴底を再び地面に付ける。

「おとなしく倒れてくれていたら……これ以上、私も心が痛まずに済んだのに」

「だったら、もう少し表情を取り繕うべきだ。と言いたいところだが、本音を隠すという行為が何より苦手だったな、きみは」

　アルマは乱れた前髪を指先で整え、彼女に向き直る。

「本当にわかっているのか、実力行使に出たら後には引けないぞ。短絡的だ。褒められた行いではない」

「私の意思を無視して、ニナを強引に連れ帰ろうとするあなたに、言われる筋合いじゃないわ。自分が正しいと本当に思っているの？」

「もちろんだ。大義がある、僕は東西の平和という大局を見ている。きみとは人助けの尺度が違う」

「……。その言い方、嫌いよ」

深紅の眼差しが鋭さを増した。戦意がアルマの肌を刺す。

腰元のホルスターに収まるフェデン国軍支給の自動拳銃を一瞥した。

「こちらも最後の忠告だ。きみ相手では、僕も手心を加えられない。だから退け」

「……」

「取るに足らない言い合いに、これ以上無駄な時間は使えない」

「――。だからあなたは、どうしてそんな言い方しかできないのよ……」

顔を俯かせたエリーゼが、声音を震えさせる。

一拍置いて――キッとアルマを睨むと。

「そういう上から目線、大嫌い。前から思っていたけれど、人の気持ちに寄り添えないところは、あなたの最低な欠点よ！」

弦の張り詰めた弓矢を放つように叫んだ。

同時に戦意を解き放ち、エリーゼが殴りかかってくる。

アルマは即座に拳銃を引き抜いた。牽制(けんせい)に三発の銃声を轟(とどろ)かせる。

フェデン国軍でも有数の精度を誇る射撃の腕前だ。発射された弾丸は照準を合わせた通り、エリーゼの柔肌を掠(かす)めるほど近距離を通過した。

普通は臆する。肉体を貫く凶器に恐怖を抱くはずだ。

だがエリーゼは普通ではない。肉薄の勢いは少しも緩むことがなかった。

「平穏な生活に多少身を置いただけでは軟化しないか……精神力は流石(さすが)だな」

「最愛の妻を撃つなんて、やっぱり最低！」

罵声を浴びせつつ、エリーゼはこちらの右腕に掴(つか)みかかる。

拳銃を奪う腹積もりか——否、アルマの予測を裏切り、彼女は銃口を自らの肩へと押し付けた。息を呑(の)むアルマをよそに、彼女はそのまま自ら拳銃の引き金を絞った。

銃声が再度響く。エリーゼを貫き、血濡(ぬ)れの弾丸が身体(からだ)の裏側まで抜ける。

正気を疑う蛮行。だが、そのおかげでアルマに隙が生じた。

握力の緩んだ拍子にエリーゼが拳銃を奪い取り、至近距離で構える。

「私は銃がうまくない。けど、この距離なら関係ないわ」

銃口からアルマまでは拳ひとつ分ほどの間隔しかない。

エリーゼは躊躇(ちゅうちょ)なく、弾倉が尽きるまで連続でトリガーを引いた。

——刹那、アルマの輪郭がぶれる。

常人では何が起こったのか見切ることは不可能だろう。

地面との摩擦で軍靴の底を焦がしつつ、流麗な体捌きで銃弾を避け切ったのだ。

アルマの動きは、人間の為せる身体機能を遥かに凌駕していた。

拳銃を奪われたのは失態だったが、冷静に回避を為した後で、一呼吸。

「……夫を撃つ妻も、同じ穴のムジナだろう」

「私のほうが良心的だったわ」

「その割に殺意すごくなかった？」

「私ならすぐに治癒できるから。瞬きしたときには無傷よ」

……見れば、エリーゼの肩にある銃創からの出血が止まっていた。

それだけではない。指先で肌を拭うと、そもそも傷自体が消失している。

その現象を端的に言い表すならば、癒えたのだ。文字通り一瞬で。

「ああ、そうかい。そうだな……抜かったよ。予見して然るべきだったのに」

戦いとは無縁の平穏な生活を送る彼女と接してきて、勘が鈍ったのは己のほうだったと認める。これこそが彼女の戦法であると、つい失念していた。

——『西の英雄』たるエリーゼの特異体質。彼女は超人的な自然治癒力を持ち合わせ、なおかつ血液や唾液などの体液を介して他人を癒すことも可能なのだ。

その治癒効果は底知れない。だからこそ、先の蛮行は無茶だが、無謀ではなかった。

一方で、アルマの常軌を逸した身体能力にもタネがある。

フェデン国軍が有する人体改造技術――『施術』の恩恵だ。

筋力、敏捷性、反応速度、あらゆる身体機能を飛躍的に向上させる。ある程度の訓練を経て『施術』を受けたフェデン兵は、もはや常人を逸脱した超人と化す。

単なる一兵卒が一騎当千の猛者。フェデン国が周辺諸国に恐れられる所以である。

そもそも、軍事国家フェデンは、他国への侵略を繰り返して領土を広げてきた歴史を持つ。それに拮抗する戦力を持つのは隣り合う西側のウェギス国だけだった。

そして、ウェギス国が対抗できた理由こそ、エリーゼの特異体質に関係する。

彼女の体質は後天的に萌芽させられたものだ。フェデン国の『施術』と似て非なる、ウェギス国の超能力開発の技術によって。

わかりやすい身体強化とは違い、超能力と呼ばれる力は多岐にわたる。超自然的な現象を人為的に引き起こす異能なのだ。例えば発火、転移、透視、念話のような――……。

東西戦争の最中は、そんな常識外れの力のぶつかり合いが各地で生じたものだった。

……さながら、今のアルマとエリーゼのように。

無用になった拳銃を後方に放り、エリーゼが胸元に手を添える。

「何度でも言うわよ、あなたは何もわかっていない。どんな大義があろうと、目の前にいる人を助けない理由にはならないのよ。今救わなくちゃ、救えない人もいるのよ」

「僕だって、なにも命まで見限ろうとは思っていない。だが、現実を見ろ。優先するべき真の問題を見誤るな。未来の安寧まで視野に入れなくては、仮に今救えたところで、後々にすべて水の泡となる——そんな結末をいつか必ず招くぞ。それを……個人の事情？　平和な暮らしが保たれるのだから、一時の感情を切り捨てる程度、安いものじゃないか」

「だから、それが正しくないと言っているのよ。この変わらず屋！」

「それを言うなら、わからず屋だ！　そして——それは僕じゃなく、きみのほうだ」

任務の邪魔をするエリーゼに、額に浮かぶ青筋を濃くするアルマ。

両者のあいだに漂う空気が静電気のように弾ける。

そして、この場にいる誰もが幻視した、些細な火種から爆心地を形成される様を。

もう止めることのできない亀裂は、このとき刻まれた。

「——取ったわ風船！　まさかこんな樹のうえに引っかかっていたなんてね！」

必死に街路樹を上っていたニナは、揚々と目的の風船を抱き寄せる。太い幹のうえにまたがって喜色満面の笑みで頬ずりしていた。

これで妹に贈ることができる。憲兵に囲まれたときには観念しかけたが、エリーゼが時間を稼いでくれたおかげだ。

……当のエリーゼとその夫が、まさか熾烈な大喧嘩の最中とは気づいていないが。

平和な世の象徴として披露された噴水広場は、いまやブォンブォンと石材が千切っては投げられるフェデン兵も真っ青な戦場と化していた。

「……なんだかいろいろ飛んでくるわね。――って、ぴゃあああああ!?」

激闘の余波で飛来した瓦礫が街路樹に直撃し、へし折れる。ニナの悲鳴が響き渡った。

経緯を聞き終え、しみじみとホワイトは頷いていた。

「なるほどそんなことが…………って、ええと、二人が離婚したい理由はつまり、迷子の子供の助け方で揉めたからということかい……?」

問いかけるホワイトに、アルマとエリーゼは揃って首肯する。

「はい。あの子供はウェギス国の外務大臣のご息女です。何かあればフェデン国の責任――外交問題になります。最悪の場合、東西対立に発展しかねなかった。だというのに――」

「ええ。ニナは妹のために失くした風船を探していました。傷心の妹を励まそうとして頑張っている子を、放っておける道理はない。それなのに――」

睨み合い、同時に言い切る。

「「こっちが邪魔してくるから！」」

声が重なった。

「「邪魔してない！」」

また声が重なった。

生温かい眼差しでそれを見守るホワイトが溜息をつく。

「息ぴったりじゃない。やっぱりヨリ戻さない……？」

「「ない!!」」

「あ……そう……」

怒鳴られ、しゅんと肩を落とすホワイト。

今しがた夫婦から聞かされた話と似たような内容の事件を、確かについ最近で見聞きした覚えがある。詳細を記した報告書はまだ目を通せていないが、確かこの辺りに……と執務室のデスクに山積みに置かれた未読の報告書を、ホワイトはあさっていく。

視界の端では「「いちいちハモらせてくるな！」」と夫婦が喧嘩を続けていたが、それを横目にひとまず報告書を探す。やがて、どうにか見つけ出した。

『勇気と慈愛のつがい』の像が立つ噴水広場での騒動に関する報告書。

ホワイトが報告書に目を通し始める。

「どれどれ。あー……酷いなこれは。『像が半壊、広場の被害も甚大、保護した子供は辛

くも安泰』──何かこの報告書、韻踏んでない？　それに……おかしいな、誘拐に関しての情報がまったく記されていない……」

独り言つホワイトは、最後まで読み終えたところで首を捻る。

保護された子供がウェギス国外務大臣の娘であることは当然のように伏せられ、広場の被害は、水圧の調整を誤った噴水が根こそぎ薙ぎ払った事故として処理されていた。

こじつけ感半端ねぇなと内心思いつつ、ホワイトは隠匿された事実の背景を慮る。

軍部もメンツがある手前、外務大臣に申し立てられた警護の不手際は表沙汰にはしないのだろう。愛娘が無事に戻ったおかげか、外務大臣も矛を収めたと見える。

誘拐騒動が記録されていないのも、恐らくは誘拐犯が『西の英雄』エリーゼであることに軍部も後々気が付いたのだ。事実が露呈することで『平和の象徴』たるストレン夫婦の名声に傷がつくことを避けたかった──……そんな思惑がうかがえる。

（とすれば、やはりフェデン軍部は……彼ら夫婦の『平和の象徴』としての価値を高く買っているのだろう。いや軍部だけじゃない、それはウェギス側も同じかな……）

ウェギス国の外務大臣がいやに協力的なのは、あちらの介入という線もあり得た。

と黙考するホワイトだったが……仮に的中していたとしても、東西両国の計略は予期できるはずがなかった不調和のおかげでご破算だろう。

不調和──そう、今もなお言い争っている英雄夫婦が離婚を決心したことである。

「うん………ねえちょっとー、まだ喧嘩してるのー⁉」

「ハッ。今終わりました。いい歳した大人が目先のことしか考えられない粗忽者とあっては、もう付き合いきれません」

「逃げるのね。これ以上言い負かすのも大人気ないから、いいわ。見逃してあげる。感謝して……ってできないか、他人に寄り添えない未来お守り鬼畜ロボには」

「意味がわからん！　というより、人を鬼畜ロボ呼ばわりはやめろ。何なんだ！」

「ユニちゃんのライバルであるガラクタ島の住人だって言ったじゃない」

「そうじゃない⁉　僕とそれを同一視することが、訳が分からんという意味だ！」

「人の心がないからロボだというの。その年まで『ユニファミ』を知らずに生きてきたという大罪を背負っておいて。私でも救いようがない。永遠に停止して錆びるがいいわ」

「死ねという遠回しの罵倒か！　ロボに寄せて言うな、貴様……！」

「はいはい！　わかった、わかったからもう、双方落ち着いて！　ね！」

喧嘩試合に体ごと割り込む審判よろしく二人を引きはがすホワイト。

あと一歩遅ければ再度舌戦が始まりかねないところだ。いい加減痛感したが、今のこの夫婦の仲を修復するのは容易ではない。つーか手遅れじゃね？とさえホワイトは思う。

それでも諦めるわけにはいかない。

東西両国のそれぞれで英雄視される夫婦が離婚すれば『平和の象徴』も失われ、フェデンとウェギスとの国家間における和平が崩壊したと、国内はもちろん周辺諸国にも不穏な憶測を招きかねない。

東西対立を煽（あお）ろうとする反国家勢力にとっては格好（かっこう）のネタだろう。ゆえに、平和維持を推し進めようという東西両国の現政権を鑑みれば、何かしら対策を講じて然（しか）るべき。

そうして気が変わるように仕向けていけば、おのずと夫婦も復縁を——……。

「断言しますが、僕は何を言われ何をされようが彼女と離婚させていただく。その上で、東西対立が煽られようと、第二の東西戦争なんて引き起こさせない」

「それだけは私も同意見。彼とは必ず離婚します。それさえ成し遂げれば、私は平和に生きる人々を守るための献身を惜しまない。この件で騒ぎ立てる人たちには、そう伝えてください」

「——気が変わる気配なんて微塵（みじん）もない……ちょちょ、二人とも、帰らないでよぉ!?」

夫婦を繋（つな）ぎとめようと必死に呼び止めるホワイトの声が、悲壮に響くのだった。

◇

そんな英雄夫婦の衝撃的な報告があった翌日のこと。

フェデン国の中央部に座する最高機関——総帥府に一本の入電があった。

受話器を握るのは重厚な歴史が皺に刻まれた老兵の掌。猛禽と見紛うような雄々しい眦とは対照的に、好々爺じみた柔和な笑みを湛えた男性が言葉を発した。

「何事かと思いましたぞ。あなたほどの人物が直々に動かれるとは」

男性の名はガルエデン。東国フェデンの国軍総帥であり、国家元首も担う最高権力者だ。

丁重な物言いで、通話の相手へ厳かに尋ねる。

「よほど火急の用件とお見受けする。……女王陛下」

『話が早くて助かります』

耳に心地よい儚げな女性の声色。

その裏で、硬いものが擦れる雑音も混じる。

ささやかな嚥下の気配。カップとソーサーを手に茶を服しているのだろう。

『単刀直入に申し上げます。国がやばいですわ』

「……女王陛下」

『なんでしょう』

「いささか話をかみ砕きすぎかと」

がちゃっ、と動揺が伝播したかのごとく露骨に陶器のぶつかる音が鳴った。

苦笑するガルエデン。すると、仕切り直すように楚々と咳払いが返される。

『こほん。――貴国の要人が命を狙われております』

「それは……確かな情報ですかな？」

『残念ながら。先日、我が国の国境部隊が正体不明の武装集団と交戦しました。無事鎮圧し、生け捕りにできた者から、信頼のおける能力者に記憶を探らせましたの』

「……サイコメトリングですか。いやはや、ウェギス国の超能力開発には本当に驚かされる」

『ええ、我が国が誇る力です。けれど有り余る力の扱いを誤ればどうなるか……東西戦争に傾倒して破滅した先代国家元首を見れば、それは明らかですから。……平和のために、わたくしたちは力を振るわなくてはいけませんわ』

「おっしゃる通りですな」

『失礼……話が逸れましたわね。敵の標的はふたり、かの夫婦です』

「夫婦？　まさか」

『そうです。東西を終戦に導いた英雄――アルマとエリーゼ。いまは『東の英雄』と『西の英雄』との通り名が有名ですわね。戦時中も名を馳せ、伝説の夫婦となった彼ら……』

陛下とガルエデンの脳裏に共通して描かれた『平和の象徴』。

それを害そうと忍び寄る悪意に対して、脅威の度合いを吊り上げる。

『かの夫婦は東西の国民から多くの支持があります。今後の両国の安寧に彼らの存在は不可欠かと、わたくしは考えますわ』

「ふむ……早急に対策を講じなくてはなりませんな」

『はい。今回捕らえた敵はしょせん末端の構成員、本隊はいずれ夫婦の暮らすフェデン国の西方で荒事を起こすはずです。この窮地をともに乗り越えるために、ウェギス国からも可能な限りの援助を致しますわ』

聞く者を安堵に誘うトーンで陛下は宣言する。

言葉を吟味するように一拍置き、ガルエデンは尋ねる。

「ご厚情感謝します。ただ、お待ちを。引き出せた情報はそれだけですか、サイコメトリングを使ったのなら、もっと多くの情報を明らかにできたのでは？」

『……敵も対策を施していたのです。こちらが思念を読み取り始めた直後、あらかじめ構成員に仕掛けられていた防衛能力が発動、当人の記憶が消されました。自分がどこの誰かも忘却させる、完全な記憶の抹消ですわ』

「ふぅむ。手練れの能力者をも抱え込む反国家勢力——……予断を許しませんな」

『ええ、何が起こるかがわからないのが今のフェデンとウェギスというもの。ガルエデン閣下もどうかご用心をなさって』

「痛み入ります、女王陛下。…………ところで、ですな」

『なんですの？』

「こちらにも陛下に、早急にご報告したい情報があるのです」

『あら。流石は閣下ですわ。早速対策を講じられたのでしょうか』

「……まさにそのストレン夫婦のことですが――彼ら、離婚したいそうですな」

『は？』

女王陛下にあるまじき返答が届いた。

数秒の静寂を挟み、理解が追い付いたのか動揺が露わになる。

『は……え、ちょっ……はァ？』

狼狽が余裕を奪い、半ギレ気味の陛下。

ガルエデンは聞かなかったことにして、貫禄ある溜息をつく。

「彼らもまた若人、迷いすれ違うこともありましょう。一年たらずとは早すぎる気がしないでもないが、陛下におかれましては――どうお思いかな？」

『………せんわ』

「？」

か細く伝わる声に、ガルエデンは耳を澄ませる。

直後、脳裏に爆発を幻視した。

『認められるわけが！　ありませんわっ!!』

「がっはっは、でしょうな。私もです」

陛下の絶叫に目を丸めたのち、ガルエデンは呵々と笑う。

「では夫婦のことはこちらでうまくやりましょう」

『……ええ。お願いしますわ。どうか、くれぐれも……』

興奮で息が上がっているのか、陛下は呼吸を整えていた。

話もまとまり、通話が切れる——その寸前で。

ガルエデンが陛下を呼び止めた。

「あぁ。陛下、シェニカ女王陛下。電話越しでまことに不躾(ぶしつけ)ではあるのですが」

『……今度はなんですの』

一抹の気疲れを残しつつも、調子を持ち直した陛下に。

好々爺(こうこうや)じみた微笑を交えてガルエデンは言葉を紡ぐ。

「本日、十二歳のお誕生日でしょう？　おめでとうございます」

『——……お心遣い感謝いたしますわ、ガルエデン総帥。イ～っだ!!』

彼の声に滲(にじ)んだ子供をあやすような雰囲気を鋭敏に察知し、反発心を刺激された陛下が電話の向こうで舌を出したのだ。

その様子を脳裏に思い浮かべて、ガルエデンの頬(ほお)が緩む。

陛下の側近が慌てふためく気配を最後に残し——今度こそ通話が途切れた。

◇

フェデン西方には、誰も立ち寄らなくなった市街地の残骸が点在する。

各所で復興の進められるフェデン国の中でも、そこはまるで時の流れに置き去りにされたようだった。間違っても人が迷い込まないように金網で厳重に囲まれた——立入禁止の危険区域。

いわば、東西戦争で刻まれた消えない爪痕である。

ここ『ミストリの街』もそのひとつ。

戦時中にウェギス国の超能力者が生成した毒霧が、今なお霧散せず残留している。大人の背丈より分厚く地面を這う赤紫の霧は、あらゆる生命の息の根を止める。

ここは死に満ちた空間だ。生者は決して訪れない。

……はずだった。

月夜にシルエットを落とす教会、その屋上で二つの人影が佇んでいる。

教会だけではない。毒霧の届かない建造物の屋根で、小規模な集団がいくつか身を寄せていた。総勢六七名、そのほとんどが銃火器で武装している。

物々しい雰囲気を醸し出す一方で、彼らは一言も発せずに号令を待つ。

教会に立つ人影の片割れが、屋上の縁に歩み寄り、集団へと声を張り上げた。

「ここまでよく付いいてきてくれたわね、ウェギス国を真に想う同志たち！」

「――――ルミ隊長……」

赤みがかった長髪を夜風になびかせ、妙齢の女性が月明りに相貌を暴かれる。

彼方まで響き渡る大音声でルミは続けた。

「私たちの望みが叶う時は近いわ。『平和の象徴』であるストレン夫婦を殺し、忌まわしき平和を終わらせる。胸にある想いを、今一度思い返しなさい！」

「……」

「私たち《灰の部隊》は本物の結束を持つ。なぜか。崇高な理念を共有しているからよ。フェデンとの融和の道を歩むウェギスなんて、願い下げでしょう？」

得意げに口端を持ち上げる。

集団から雄々しい砲声が返るのをルミは期待したが、彼らは代わりに精悍な顔つきで応えてくれた。

ただの烏合の衆ではない。集団を構成する人員の多くは、東西戦争の帰還兵だ。

練度の高さを感じざるを得ない。望む反応はなかったものの、ルミは満足気に頷いた。

彼らのウェギスに対する愛国心は本物である。かつて敵対していたフェデンとの馴れ合いが、ウェギスの誇りに泥を塗る行為だと本気で信じているのだ。

（――可哀想にね、ふふ……その熱意、私に利用されているだけとも知らずに）

あくどい笑みが、ルミの口元に浮かんだ。

が、それも一瞬のこと。彼らの士気を煽るために大声を張る。

「ウェギスを脱してフェデンに忍び込む道程で、志半ばに倒れた同胞たちもいるわ！　彼らの無念を晴らせるのは私たちだけよ。幸いにもここは人気のない絶好の隠れ家、しばらく準備を整えたら、いよいよ暗殺の決行を――」

と、そのとき、ルミは気づく。

集団の先頭に立つ一人が指先までピンと伸ばして挙手していた。

「何かしら。そこのあなた！」

「はい。お言葉を遮ってしまい、大変失礼ではありますが、隊長殿。自分はこの街に訪れたとき、遠目に巡回する兵士を見ました。近隣に駐在所があり、一帯を見回りしているのかもしれません。念のため、声は抑えたほうがよろしいかと」

「…………」

的確な忠言をされ、少しばかり思案の間を置き、ルミが返答した。

「……わ、わかったわ。教えてくれてありがとう……」

過剰なほどの小声である。

同志たちは『素直だなあ』と心の声を同じくした。

「……戦いに備えて十分な休息を取りなさい。武器の手入れも欠かさずにね……」

同志たちの大半が、囁きを聞き取るのに難儀して、前傾姿勢で片耳を差し出している。

そんな仲間の苦心など露知らず、やり遂げた表情のルミは鼻を鳴らした。

しばし時を置き、どうやら話が終わっていたらしいと遅まきに気付いた面々が、次々にルミから視線を外していく。

そこでようやく彼女の背後で控えていた、もうひとつの人影が口を開いた。

「堂に入る猫かぶりであるな。ルミ殿。すっかり彼らも信頼を置いている」

「……マロゥ。不用意な発言は慎んで。聞かれたら厄介よ……」

「いつまで小声なのだ。ルミ殿」

身近には二人しかいないというのに。呆れ声を送る。

そうしてマロゥと呼ばれた女性が、暗闇から歩み出て大柄の体躯を露わにした。

彼女の屈強な逞しさは、筋骨隆々な男性と横並びになっても見劣りしないだろう。

ルミの頭三つ分ほど上背があり、角ばった肉体とは対照的に柔らかな猫っ毛が際立って女性的だ。面立ちが美形なぶん、眼力の鋭さと不愛想ぶりに拍車がかかってはいるが。

マロゥにひと睨みされれば、どれほど腕っぷしに自信がある輩も萎縮するに違いない。

頼もしい実践担当の相棒を、参謀を自称するルミが一瞥した。

「そ、そうね。今は普通に話せばいいわね。わかってたわよ……！」

「うむ。して、ルミ殿は相変わらずだな」

「どういう意味？　人を褒める口ぶりじゃないわよね、それ」

「己に素直だと、いたく感心しているのだ。己の欲に……な」

ルミの太腿ほどの太さがある腕を組み、マロゥが瞳を眇める。

「何だったか、部下を誑かしておいて、真の目的は——」

「稼ぎよ！　こちとら世の中平和なおかげで、阿漕な仕事でラクして稼ぎづらくなったのよ。わかるでしょう？　終戦以降から国内の治安は向上、安全な仕事に手堅い給与、今後はもっと磨きがかかるでしょうね、この秩序にも！」

憤懣やるかたないと、真に迫る表情のルミが拳を固める。

「死んだって生真面目に生きてたまるもんですか。私は私の生活のために戦うわ。ストレン夫婦を暗殺した暁には、東西両国の安寧は崩れ去る。悪事のしやすい私の時代よ！」

「……おかしな方向に真面目ではあると思うがな……」

「ちょっと、聞こえているんだからね!?　あなた素で声が大きいんだから、ちょっと静かにしなさい！」

「いまはルミ殿のほうがやかましいのだ」

マロゥは肩をすくめる。

そんな彼女に、ルミがじっとりと半眼を注いだ。

「……そういえば、あなたこそ、変な目的を掲げていたわよね」

「ん？　ルミ殿から興味を示すとは珍しい」

「別に大した興味はないわよ。聞いてもまた忘れるでしょうし。でも、私が喋(しゃべ)るばっかりで損した気分になったわ。あなたからも話を聞いて帳尻を合わせたいの」

「ケチも度が過ぎているな……やれやれ」

ルミが独自の損得勘定を発揮し、マロゥは深々と溜息(ためいき)をつく。

それから、もったいぶるわけでもなく、淡々と言葉を紡いだ。

「吾輩(わがはい)は東西の持つ技術力を危険視している。第二の東西戦争を始めさせ、共倒れさせることで、フェデン国軍の人間改造技術とウェギス国の超能力開発技術を葬りたい」

「……どういうこと？」

「？　いま話した通りであるが」

「技術を危険視？　そんなこと考えて何の得があるの？」

「――より大きな闘争を防ぐことができる。東西の技術によって個人が途方もない力を持つようになった。それは良くないことだ」

「なんでよ？」

「世界が耐えられない。超人が好き勝手に生きてしまえば争いの絶えない世になる。他愛(たあい)ない路上の喧嘩(けんか)が、殴り合いに留(とど)まらず、この『ミストリの街』のような生命の栄えない死地を生み出す結果になりかねない。東西の技術がそれを可能にしてしまった」

「………」

「それに気が付いた瞬間から、吾輩を突き動かすのは使命感だ。技術の氾濫を食い止めなくてはならないと。だから——」

「……国ごと消し去るって、そういうわけね。マロゥ、あなた、頭がおかしいわ」

「ルミ殿にだけは言われたくないのである」

憎まれ口を叩き合い、どちらともなく一笑する。

それから、ふとルミは気が付いた。

「ちゃんとお話をして思ったんだけど、あなたの思い描いていた『好き勝手に生きる個人』って、私も同類なんじゃないかしら。仇の範疇じゃないの？」

「で、あるか」

「マロゥに勝つ自信ないわよ、私。いざとなったら見逃してよね」

「心を入れ替えて慎ましく暮らせば問題はないだろうに。とはいえ、ルミ殿の能力を持ってすれば、吾輩も苦戦を強いられるであろうな」

「……そこはどんなときでも味方でいるって言いなさいよ。付き合い長いんだから」

「ふふ。では吾輩、仕事を終えたらルミ殿が真人間に戻れるよう協力するのである」

「ちょっと。そういう話じゃなかったわよね。嫌よ、私は阿漕な生活でラクしたいの！」

徹底して己を曲げないルミを見下ろし、マロゥは苦笑を落とす。

意見の合わない二人であるが、近く迫る戦乱への期待だけは、ともに共有していた。

◇

フェデン西方軍司令部の所在地でもある、西部の中心都市ジョンポート。

戦時中にはウェギスから深い侵攻を受け、軍の施設や一般の居住区にも広く被害を受けた。しかし、現在はその過去を思わせないほど急速に復興が進められている。

早朝。白い朝日に染められるジョンポートで真新しさを醸す、小奇麗な一軒家。

軍部の佐官として相応の収入のあるアルマは、そこでエリーゼと暮らしていた。

二階にある寝室。もとは夫婦でひとつのベッドを共有していたが——生活は変わった。

「…………」

時針が午前六時を指すと同時、規則的な寝息をやめ、アルマが瞼を持ち上げる。

寸前まで眠りに落ちていたのが嘘かと思うほど冴えた顔つきである。常に自身を律しているアルマは、いっそ人間味が乖離したような規則正しさで生活を送っていた。

と、いつも通りに身を起こそうとした矢先である。

——ガゴォ！

木製のベッドが悲鳴さながらの異音を立てて壊れた。

途端に生じた勾配により、アルマは床へと放り出され、転がり倒れる。

「…………身が持たん……」

仰向けから上体だけぷるぷると起こし、辟易して呟いた。

アルマのベッドは、一昨日の晩から――半壊した状態で使われている。

無論、それには訳がある。実を言うと、噴水広場で夫婦関係が決裂した一昨日から、自宅でもエリーゼとの衝突が絶えず、プライベートスペースを巡り争っていたのだ。

なかでも揉めたのは、一つしかないベッドの利用権である。

そう、半壊したベッドは元々倍の広さを有しており、以前はそこにエリーゼと二人で就寝していた。しかし、喧嘩中の相手と身を寄せ合うことなどできるわけがない。

互いにベッドを利用する権利を主張した。そして紛糾した口論の末、業を煮やしたエリーゼが愛剣で真っ二つにベッドを叩き切ってしまった。

こうなればやむを得ず、寝室も別々に分けることにして、アルマとエリーゼは左右片側しか支柱がない不格好なベッドを使う他なくなった。そうまでして一緒に居たくなかったのだから仕方ない。

失われた支柱の代わりに、手頃な高さの家具を差し込んで寝床を水平に保っているとはいえ、固定されていないために動くとこうなってしまう。

「新しい寝具を仕入れるまでの辛抱だ……耐えろ僕、戦地よりは上等だぞ……」

追い詰められた表情のアルマは自らを鼓舞しつつ、気を取り直す。

今日は早くから軍議の予定が入っている。時間には余裕があるが、万が一にでも遅れるわけにはいかない。身支度に着手し始めた。

冷水でシャワーを浴びた後、ズボンを穿き、皺のないシャツに袖を通す。ネクタイを締めると鏡の前に立ち、不格好な箇所がないか目を光らせると、納得がいったように頷く。

身支度が完了したわけではないが、次いで朝食の用意をする。

加熱した鍋にベーコンと卵を落とし、その脇でバゲットも焼いておく。

キッチンに香ばしい香りが立ち込め始めた、そんなとき。

――ガゴォ!!

二階から耳なじみのある騒音が響いた。

「……起きてくるな、これは」

天井を仰ぎ、苦々しく呟く。

アルマの予測は数分後には現実になった。

「痛っう…………いい匂いね……」

乱れた金髪のうえから頭に掌を添え、エリーゼが姿を見せる。

アルマと同様、寝床の構造的欠陥に難儀させられているようだ。寝起きのせいか痛みのせいか涙目で、エリーゼは香り高い朝食に浅ましくも誘い出されていた。

朝が弱い彼女は例のごとく足元がおぼつかない。おまけも寝相も悪いことをアルマは知っていた。現に寝間着のボタンがいくつか外れ、そして掛け違えている。

几帳面なアルマからすれば信じがたい様相を呈していたが、注目すべきは他にある。

「……」

無表情で彼女の左手をじっと眺めた。

見紛うことなき剣である。自宅で起き抜けに帯刀する理由が見当たらないが、エリーゼは当然のように凶器を引っ提げて歩み寄ってくる。

そんな彼女の視線は、食卓に並べられた料理に釘付けだった。

「…………」

「…………」

言いたいことはあるが、安易に言葉を発せられない。

間合いを測っているのだ。もちろん物理的な話ではない、心理的な問題だ。

アルマは何事もないようにバゲットを千切って口に運ぶ。気安く会話に踏み切らない代わりに、細めた双眸でエリーゼをつぶさに観察した。

一言も発せず、緩慢に瞬きを繰り返す彼女もまた、アルマと同じく一歩引いた距離感を意識している。そのように窺えた。

「…………すぅ、すぅ」

ふらりと揺れるエリーゼの唇から、寝息が漏れた。

アルマが真一文字にきゅっと唇を引き結ぶ。——うん、眠気に耐えかねて口を開く余裕がなかっただけかも、と認識を改めた。

ともかく、放置していては移動の際に邪魔になる。仕方なく声を掛けた。

「おい、そこで寝るな。起きたまえ」

「——……。寝てないわ」

見てくれだけは毅然とした態度を保つエリーゼが、半端なく鋭い目つきで反論する。

余人なら震えあがる眼力だが、アルマの目にかかれば、それが半端なく眠そうなだけだと看破できる。怯む理由がなかった。

「……」

多少眠気がマシになったのか、エリーゼがこの場から離れてキッチンに移動する。

そこに置かれていた片手鍋を一瞥した。

アルマが朝食の調理に使用したものだ。熱もまだ抜け切っていない。手を伸ばしたエリーゼが鍋蓋を持ち上げ、その内側に視線を落とした。

中身は空だ。

「——……」

余談だが——離婚報告をした昨日より以前は、二人分の朝食の準備はアルマが担っていた。別段、彼女の料理の腕が低いわけではない。むしろ主婦として家庭的な技術は申し分なかった。ただ、見ての通り朝が弱いので、朝食はアルマが手助けに回ったのだ。

もっとも今日ばかりは、その限りではなかったが。

「……スゥー……」

エリーゼが喉元で細く空気を絞る。

飢えた山猫がかちかちと歯を打ち鳴らすように、愛剣の白刃を鞘から晒しては戻す。

気迫に当てられたのが一般人なら、心当たりがなくとも命乞いを始めたことだろう。だが忘れるなかれ、彼女はただ朝食を食い損ねただけである。

恐るるに足らない。アルマは黙々と食事を続けた。

彼女の考えていることは容易に推察できる。朝食を自ら用意するのは簡単だ、しかし心底気だるい。いっそ奪ってしまおうかと、そんなところだろう。

実に短絡的だと、アルマは胸中で一蹴した。

そのときだ。キッチンから油が熱せられて弾ける音が届く。

咄嗟にそちらを見やった。

「……っ!?」

驚くことにエリーゼが片手鍋を振るい料理していた。あまりに猛々しい後ろ姿で。

先の眠気はどこへやら、得体の知れない執念が熱気と化している。

アルマは呆然とそれを眺め、冷や汗を伝わせた。

早朝にこれほど活動的なエリーゼは今まで見たことがない。どう足掻こうと冬ごもり前のカエルじみた鈍足ぶりから脱却できまいと侮っていた。

瞬く間に、向かいの席へ料理が並べられる。

冷蔵庫に残っていた高価な食材を惜しみなくつぎ込み、加減抜きの豪勢な朝食が輝くような存在感を放っている。つい生唾を飲んでしまいかねない。

着席したエリーゼは、精一杯に眠気を噛み殺しながら——

「……ふっ」

勝ち誇った笑みを見せつけてきた。

ガタン！と椅子を倒す勢いでアルマが立ち上がる。

「ええい、うっとうしい！　何だ、僕への当てつけのつもりか。自分だけ上質な食材を使って、あまつさえ朝食くらいその気になれば自分で作れると、そう言いたいのかっ！」

「……的確に言い当てられると、それはそれで気味が悪いわ」

「理不尽だな!?　きみの考えが浅はかで、わかりやすいだけだ！」

「む……言ってくれるわね。でも見くびらないことよ。私はまだ本調子じゃないもの、きっと目にもの見せてやるわ。…………はぁ……」

「あっ、今『調子に乗って朝食を作り過ぎた、食べきれるかな？』って溜息が出ただろう。そら見たことか、これだから後先考えない奴は駄目なんだ。見くびるための判断材料しか出揃ってないぞ。目にもの見せるのがいつになるやら――」

「ああもう、うるさいわね。食事中に騒がないで！」

ここぞとばかりに責め立てると、ついにエリーゼが憤慨した。

その怒気を浴びても眉一つ動かさず、アルマは肩をすくめる。

「おっと、それはその通りだな。きみから正しい言葉を聞けるのは貴重だ。今回は素直に聞いてあげるとしよう」

「口の減らない男……喧嘩を売っているんでしょう？　そうでしょう。買ったわ！」

ひとりでに納得したエリーゼが、食卓に立てかけていた愛剣を鞘から引き抜く。グリップを逆手に握ると、振りかぶった体勢からアルマの顔面に向けて投擲した。

「おい馬鹿それは――ぬわっ⁉」

流れるような攻撃にアルマも焦りの声をあげ、咄嗟に首を横に倒して避ける。

エリーゼの投げた愛剣は、軌道上にあった観葉植物の鉢を粉砕してなお勢いを弱めず、家の内壁に突き刺さった。

投擲の強さを物語るようにビィィイン……と小刻みに震える剣。

床には観葉植物やら土やら鉢の破片やらが散乱し、その被害をアルマは唖然と眺める。

それから、凄まじい剣幕でエリーゼを怒鳴った。

「家を壊すな！　この考えなしが！」

「……私が言うのもなんだけど、自分の命よりも先に家の心配なのね……」

「ベッドのみに飽き足らず、目に映るものすべて壊し尽くす気か。解体業者か。きみは特異体質のおかげで、何でも簡単に治せると勘違いしているんじゃないか」

「私が治せるのは人間だけよ。何でもは治せないわ。忘れたの？」

「額面通りに受け取るな。知っているよ。今のは皮肉だ！」

「でも治癒効果を発揮できるのが本当に人間だけなのか、おかげで疑問に思い始めたわ。だってあなたの傷だって治せてしまうのよ？」

「また僕を人間扱いしていないな、貴様……どうせ鬼畜ロボとでも言いたいんだろう。芸の無いことだ」

「うぬぼれないで。この産業廃棄物が」

「さらに格が下がった⁉」

「ちなみに、今のは『ユニファミ』の劇場版で、ユニちゃんの持つ一角獣の力で浄化された鬼畜ロボに追い打ちをかけた、ガラクタ島の真の支配者である鉄クズ王の台詞よ」

「しかも結局、『ユニファミ』の括りから抜け出せていなかった⁉　大体、鉄クズ王って名前からしてそいつも産業廃棄物だろう。鬼畜ロボを罵れる立場か！」

「ふうん……わかっているじゃない。見直したわ。暴言は撤回してあげる」

「そしてなぜかエリーゼを諌めることに成功している……。複雑な気分だ。僕がいくら促しても引き出せなかった反省を、こんな形で実現させてしまうとは……」

「仕方がないから、散らかした床は私が片付けるわ。それでいいわね、鬼畜ロボ」

「ああ。よし、格が戻ったな。――って馬鹿か僕は。なにを受け入れているんだ!?」

一瞬でも自然体で頷いてしまった自分に、アルマはショックを受ける。

しばらく打ちひしがれていたが、そんな彼を放って、食事を中断したエリーゼはさっさと観葉植物の残骸を片付け始める。

壁に刺さっていた愛剣も引っこ抜き、鞘に収めた。

「……新居の壁に穴を開けるなど許しがたいぞ。まったく……」

怒りを原動力に立ち直ったアルマが、調子を戻すかのように悪態をつく。

取り繕う余地もないほど落ちぶれた新婚生活だが、このまま離婚となれば、共に暮らす時間もどうせ長くはない。そう思うと、幾分か気が楽になった。

「ちょうどいい――エリーゼ、少しそこで待っていろ」

「？」

そう言ってそのまま食卓から別室へと消えたアルマに、エリーゼが首を傾げる。

床の片付けも終えたところだったので、食卓の席に座り直す。

その後、再びダイニングに戻ってきたアルマは、妻の前に一枚の書状を見せつけた。

「昨日のうちに用意しておいた。今更協議の必要もないだろうが、記入したまえ」

「……これは」

「離婚届だよ。役所に提出して公的な手続きが通れば、僕らは晴れて他人だ」

「そう。ふうん」

事務的に告げるアルマの隣で、エリーゼがグラスを傾けて唇を湿らせた。

それから、ふぅと息をつき、二人の関係性を終わらせる紙切れを手元に引き寄せる。

差し出されたペンを握り、エリーゼは紙面にペン先を置いた。

「……」

難しいことはない。いくつかの項目を埋めるだけだ。

そこで、アルマは怪訝に眉を顰める。しばらく待ってもペンが動く気配がなかった。

「どうした？」

「……」

沈黙するエリーゼは、背を丸める角度を深くした。

どうにも様子がおかしい。彼女の肩に手を置き、うつむいていた顔を持ち上げさせる。

「……すぅ、すぅ……」

「──寝ている、だと。そんな馬鹿な!?」

流石に狼狽した。その後、ハッと気が付いて、彼女が飲んでいたグラスを確認する。

中身の色味は透明、香りを確認する。微かだが酒気を感じた。

家にある中でも最もアルコール度数の低い果実酒だと看破する。

「……優雅な食事を演出するために、朝っぱらから注いできたのか。そこまでするか」

返事はない。

額に青筋を浮かべ、アルマが叫んだ。

「元々、一口で眠りに落ちるほど酒に弱いだろう。どれだけ衝動的だ。生粋のバカか！」

「ううん……ばか、は、あなた……」

「ええい、もうそのままで構わん！　ほらペンをよく握るんだ。書面を見ろ、寝るんじゃない。枠をはみ出すな！　字が雑すぎる、それじゃあ読めんだろう、あぁもう！」

日向ぼっこで温まった猫のようにふにゃふにゃのエリーゼに悪戦苦闘させられつつ、どうにかアルマは離婚届を書かせていく。

危うく軍議に遅刻しかねない時間まで、それは続いたのだった。

◇

司令部に到着し、軍議に間に合ったことを確認したアルマは人心地つく。

軍服の懐にはきちんと離婚届がある。まだ役所は始業していないので、雑務の間に隙を見て抜け出すのがいいだろう。エリーゼの記入した箇所だけ異国の言語かと思うような悪筆だが、これで押し切るしかない。早々に離婚するためだ。

急ぎ足で温まった体が、やがて落ち着いた頃、施設内に足を踏み入れた。

「……む」

どうにも妙だと、すぐに肌で感じる。

司令部の空気がピリついている。職務中の軍人たちもみな表情が硬くなっており、いつも以上に精力的に活動している——肩肘を張り過ぎているようにも映るほどだ。

足を止めて何事かと見回していると、遠目から小走りで駆けてくる人影。

「あっ、アルマくん。こっちこっち」

「ホワイト中将……。この雰囲気、なにかあったのですか」

「それがね、大変なんだよ。ひとまず、ついてきて！」

ただ事ではない事態を裏付けるような慌てぶりでホワイトが腕を引っ張る。

いつにない強引さだ。立ち話もままならず案内されたのは中将の執務室だった。

すぐさま扉に手を掛けたホワイトが、直後、思い直したかのようにアルマへ向き直る。

「ホワイト中将？」

「……いや。ぼくとしたことが、気が急いていたね。実は、さるお方が部屋でお待ちになっている」

「さるお方とは」

「それは言っちゃ駄目だって、口止めされているんだ」

「？　なぜです」

「そのほうがびっくりするだろう、ってさ」

「……ずいぶん茶目っ気のある人物のようだ」

皮肉ったアルマが口端を持ち上げる。

「ですが、驚くことになると先んじて言われては、こちらも気構えましょう。どこの誰かは存じませんが、試すつもりなら望むところです」

「く、くれぐれも失礼のないようにね？」

念押ししてから、今度こそホワイトが扉を開いた。

何が来ても驚くまいと肝を据わらせておいたアルマは物怖じせず室内に入る。

はたして、そこには身辺警護の兵で傍らを固めた白髪交じりの男性がいた。

老体が身にまとう軍服の肩部には、軍事国家フェデンにおける頂点を指し示す階級章
――この国に籍を置く人間であれば知らないはずがない人物だった。

こちらに気づくと、彼は相好を崩し、気安く片腕を持ち上げてくる。

「来ちゃった」

「ガ、ガルエデン閣下!?」

さるお方、その正体に理解が至ったアルマは驚愕を露わにする。

そんな反応を目敏くも見逃さなかったホワイトが小声で呟く。

「ね。びっくりしちゃうよね。アポ無しで急に来ちゃうんだもんなあ」

「道理で、みな心中穏やかじゃいられないはずだ……」

西方司令部全体を浮足立たせていた空気の原因に得心がいった。

そんな緊張感を生み出した張本人であるガルエデンは、朗らかな笑みを浮かべる。

「久方ぶりだな。アルマ中佐、息災だったかね」

「はい。おかげさまで」

「きみの評判は中央の総帥府まで届いて来るよ。よく働いてくれている」

「恐縮であります」

「がはは！　そうかしこまるな。肩の力を抜くといい」

「は、ははは……善処します」

バシバシと肩を叩いてくるガルエデンに、アルマは渇いた笑みを返した。

国軍総帥という人は相変わらず、肩書きの割に異常なほどフレンドリーだ。身から活力が迸っているとでも言おうか。高齢を思わせないほど、言動に若さが感じられる。

そのおかげで、周囲の若輩が気後れしているのも事実なので、色々と恐ろしい。

「ふむ。では早速だが、話があるのだよ。——我々だけで」

ガルエデンは警護兵に目配せして退室を命じる。それからアルマとホワイトの二人に対面の長椅子へと腰かけるよう促した。

その真意を探るようにアルマが尋ねる。

「人払いが必要な話、ということですか？」

「うむ。こちらも急を要するゆえ、ジョンポートには別件で足を運んだのだが、ついでに寄らせてもらった」

「……総帥自らが動かれるとは」

「この懸案は人任せにはできんと判断したまで。これなら邪魔も入らん」

ガルエデンはフェデン国軍のトップで現政権を掌握する立場にもいる。そんな傑物にこれほど警戒を強めさせる『何か』が実在していることは、口ぶりから明らかだった。

事の真剣さを認めたアルマが表情を引き締める。

「何が起こっているのですか」

「これを……見るがよい。すぐにわかる」

懐から書状を取り出したガルエデンは、それを机の上に滑らせる。

アルマは流れてきた書状を掴んだ。泰然とソファに背を預けるガルエデンを一瞥し、その思惑を暴く糸口を見つけるためにも書面に目を通す。

「……!?」

目を疑う内容が、そこには記されていた。

冷や汗を首筋に伝わせ、思わず眼前のガルエデンに苦言を呈する。

「何をお考えなのですか。こんな命令——……ありえません」

「命令？　ちょちょ、失敬するよ」

狼狽するアルマの横合いから、ホワイトが書面を借り受けた。

眉を顰め、腕を伸ばして焦点を合わせようと距離感を探るため、空気が間延びする。

「えっと、んーと、どれどれ……とと、ここか」

老眼で難儀しつつも、ようやく書状の文字列を追い始める。

「『国軍中佐アルマ・ストレン殿。貴殿は妻、エリーゼ・ストレンとの離縁を一切禁止とする。ダメったらダメ』——って、これ総帥命令だ⁉　えぇ嘘ぉ、本当に⁉」

「……いかにも」

重々しく首肯する最高権力者の面相に、ふざけている気配は微塵もない。

これも茶目っ気の産物であればどれほどよかったことか。眉根を寄せるアルマは納得がいかないと表情で物語る。

「こんなことが軍令だなんて……離婚したくらいで軍令違反、ましてや軍法会議にかけられるなど御免です。第一、ここまで過剰な対応に及ぶ理由がわからない。たかだか一夫婦の離婚ではないですか」

「ア、アルマくん、相手は総帥だよ。落ち、落ち着いて……！」

「よい。中佐の言い分も理解は示せる」

理知的な声色の端々で苛烈さが滲むアルマを、ホワイトが宥める。いっそ気の毒なほど蒼白な顔色をしている彼に、助け舟を差し向けたのはガルエデンだった。

「だが見解の相違もある」

「……それはいったい」

「本当にわからないかね？　きみら以外、たかが一夫婦の離婚だとは誰も思っておらんのだよ」

深く肺の空気を絞り出すガルエデンは、横目にホワイトを一瞥した。

意図を汲んだホワイトは逡巡を挟みつつ、やがて項垂れるように同調する。

「そうだね。それは、ぼくも総帥と同意見だ」

「ホワイト中将……」

「ごめんね、アルマくん。ぼくも総帥も、きみら夫婦の東西平和への影響力を高く評価している。当事者のきみたちに実感は伴わないかもしれない、でもこれはその証左だ」

「……」

「重ねて言うよ。終戦を迎えたばかりの東西がおおむね安定しているのは、ストレン夫婦の存在が大きい。夫婦ともに英雄という国家的な功労者だからね、夫婦の離縁は両国の対立という憶測を招きかねない。逆に、夫婦が良縁だと国民が信じているから、両国の融和に信頼が発生しているのが現状だ」

「…………」

「だからどうか、早まった真似はしないでほしい。結婚式の仲人を任せてくれたことを引き合いに出すわけじゃないけど、ぼくの顔を立てると思って頼むよ」

訥々と慎重な言葉遣いで説得するホワイトのおかげで、アルマも冷静さを取り戻す。

黙考し、親心にも近い温情に浸りつつ、やがてふっと口元を緩めるアルマ。

一転して穏やかな相貌は、矛を収めてくれたと確信させた。

同じく頬を弛緩させるホワイトに対し、アルマは沈黙を破った。

「――嫌だ!!」

「ええええええええええ!?」

端的に拒否したアルマに、予想を裏切られたホワイトが絶叫する。

上官をのけぞらせたことなど気にも留めず、アルマは揺るぎない決意を瞳に宿す。

「僕とエリーゼの離婚が東西対立を煽るというのなら、その後のケアにこそ全力を注がせていただく。前にも申し上げた通り、第二の東西戦争は引き起こさせない」

「いやでも……そうは言ったってね、さあほら……」

「エリーゼとは、もはや終わったのです。この通り、関係の修復も不可能かと」

断言するアルマが、懐から取り出した離婚届を見せつける。

口ごもっていたホワイトも、それを視界に収めると、完全に勢いを失った。書面を凝視して、ただ一言、「エリーゼくん、字汚いね……」と悲しげに呟いた。

そこへ、有無を言わさない語気が割り込む。

「それでは困るのだよ」

ガルエデンが眼光を飛ばすと、アルマをして息を呑む。

「フェデンは先の東西戦争でずいぶんと消耗した。世が平和なうちに復興を進め、失われた国力を取り戻さなくてはならん。前時代のウェギス国と同様、我々を切り崩そうという近隣諸国との小競り合いは依然として続いているのだ」

「……」

理路整然とした言い分に反論できない。アルマは私情が勝っていたことを暗に認める。

卓上に戻ってきた総帥命令の書状が無視できない存在感を放っていた。

「こうして根回しでもしないと、きみらは何をしでかすかわからん」

これぱかりは本気で悩ましいと言いたげにガルエデンが嘆息する。

と、あることに気づいたアルマが眉を持ち上げる。

「きみたち……ということは、エリーゼにも何かを差し向けるおつもりですか？」

無茶な軍令でアルマを封じたところで、エリーゼに対しては拘束力を発揮しない。

仮にエリーゼが離婚を強行しようと独自に画策し、そのとばっちりでアルマが軍法会議で裁かれることが自明でも、彼女が暴走を自重するとは考えにくい。

怪訝に尋ねるアルマに、ガルエデンは深く頷いた。

「うむ。――……そろそろ到着する頃合いだ」

意味深にガルエデンが宣った、まさにその直後だった。

ドンドン、ドン。

執務室の扉からノッカーを叩く音が響いた。

思わぬ来客にアルマはホワイトと目を見合わせる。再度ノッカーが激しく鳴らされた。

「あっ、ちょ、強く叩かないで。しばしお待ちを！」

腰を持ち上げたホワイトが扉へと歩み寄る。

「はいはいはい。どちら様……や、きみは？　ああ、へえ、お目付け役……なるほど、それでわざわざ……」

扉の向かい側に立つ人物から、ホワイトは何事か聞き受けていた。

しばらくすると室内へ向き直ってガルエデンに尋ねる。

「閣下、ちょうど今――」

「構わん。通したまえ」

「ふぁまだ何も言ってな……いえ、わかりました……」

食い気味のガルエデンに狼狽しつつもホワイトは従順に来訪者を招き入れた。

現れたのは——ひとりの少年。

年齢は十代半ばほど。ただ、身にまとう雰囲気は一般市民のそれとは違う。

執務室に踏み込んできた少年が、一礼する。

「はじめまして、フェデン国軍の皆さん。俺はロキ・ハインケル」

少年……ロキの一声は、たちまち室内の空気を一変させた。奇妙な雰囲気の男だ。

よく回る舌で流暢に、萎縮とは無縁の堂々たる口上を述べる。

「ウェギスでは君主警護隊の情報部員を務めていました。ですがこの度、女王陛下から勅命を賜り、英雄夫婦の離婚を阻止するための『監視官』に任命されたのです」

「……監視官だと？」

「ええ。アルマ・ストレン中佐。あなたがた夫婦の行動は逐一、俺の雇い主——つまりは女王陛下に報告させていただきます。有事の際、ウェギスの国家権力をもって、ストレン夫婦の離婚を速やかに妨害できるように」

「……」

「ご理解いただけましたかね。ウェギスも『平和の象徴』を失いたくはないのですよ」

饒舌に宣うロキを、鋭利な眼差しでアルマが観察する。

上背はアルマ以上に高いが、線が細く逞しさとは程遠い。

暖色系の明るい髪、その左サイドを二本のピンで留めている。自信に満ちた瞳と薄ら笑いを掲げ、どこか掴みどころのない飄々とした雰囲気。

臙脂色のシャツは襟元が緩く開かれ、裾をパンツの外に出して着崩されていた。ネクタイこそしているものの、気持ち程度に締められているだけだ。

羽織っているジャケットの裾も腕にまくり、やはり軽薄な印象が拭えない。

一言でいえば、そう――……

「胡散臭い男が来たと、そう思われていそうですね」

「……！」

考えを見透かされて驚くアルマに、ロキは肩をすくめる。

「まァ無理もない。お気を悪くさせたなら、ウェギス国を代表して謝ります」

「そんな規模で礼節を欠いてはいないから。自国を安く見積もり過ぎだろう……」

どこまで本気かわからないロキに、窘めるような口調でアルマが言う。

すると、今度はロキのほうが意外そうに目を丸める。

「かの『東の英雄』がどんな人物かと思えば、思いのほか優しいんですね。これほど温厚だったとは思いませんでした。いやはや、とても信じられない。本性を見せてください」

「想像上の僕が狂暴すぎない？」

「戦時中の武勇はあまりにも有名ですから」

「ウェギスでどんな脚色がされているんだ……」

胡乱な笑みのロキに対し、頬を引き攣らせるアルマ。

その様子を見守っていたガルエデンが一笑する。

「そこなハインケル君の言う通り、彼がきみら夫婦のお目付け役のひと、り、だ。いざというときのストッパーだな。とはいえ、存外に波長が合うようで、なによりじゃないか」

「だそうですよ、アルマ中佐。さぞ光栄でしょう」

「なんで光栄だと思うのが僕のほうなんだ。逆じゃないか？」

「正真正銘の英雄ですもんねー。かっこいいなー。すごいなー」

「少しは気持ちを込めて言ったらどうかね」

「思ってもないこと口に出せって言うんですか！」

「……急に怒るし、テンションの緩急についていけない……」

引き気味のアルマに反し、にやにやと憎らしい薄ら笑いを浮かべている。

その一部始終を眺めてホワイトとガルエデンはひそかに「やっぱり相性いいよね」「もうすでに仲良さそうです」と愉快そうに囁き交わしていた。

——そんなとき。

さながら外敵を察知した野生動物のような機敏さで、アルマが背後を見やる。

ロキは疑問符を浮かべた。視線の先には扉があるが、特に異変はない。

そう思った矢先、微かに届いてきた軽快な音。

規則的に響くそれは、段々と大気の振動を強めていく。

やがてロキにもわかった。これは人間が走っている足音だと。

まさかとは思いつつも扉の正面から退くと、その判断が功を奏した。

蝶番が弾け飛ぶかと思うような勢いで、執務室の扉が開け放たれる。

悲惨な軋みをあげる扉に、たまらずホワイトが叫んだ。

「ああ乱暴に開けないで。壊れちゃう⁉」

「――え？　わわっ、すみません。ごめんなさーい！」

つむじ風のごとく執務室に舞い込んできたのは、ひとりの少女。

身体の動きに合わせて溌剌に跳ねる黒髪のボブ。紫がかった前髪の一房が、爛々と輝く同系色の瞳と相まって深く印象を刻む。

全力疾走の直後で紅潮した頬に、汗で濡れて張り付く髪。

手櫛でそれを整える少女は、フェデン国軍所属の証である鷲をかたどったピンを身に着けていた。アルマが記憶を探る限り、ここ西方司令部では見ない顔だ。

肩部から指先まで惜しみなく露出する袖なしのブラウス。軍服は袖を結んで腰元に巻きつけ、軍部に導入したばかりの新制服でもあるスカートから、血色のいい脚部が覗く。

ロキとそう変わらない年代の少女は、掌を額まで持ち上げて敬礼する。

「本日付で中央から西方勤務になる、オリビア・フォーチュンです。まさかあのアルマ中

キ

佐のお傍で働けるだなんて感激のあまり走ってきちゃいましたっ！」

「…………」

眩いほどに瞳を輝かせるオリビアに、室内の全員が気圧されていた。

アルマは呻くように声を絞り、少女の辞令に通じているはずのガルエデンに訊く。

「ひょっとすると彼女もロキと同じ……？」

「うむ。私が任命したフェデン側の『監視官』だ。ようやく役者が揃ったわけだな」

何を企んでいるのやら、ガルエデンは不敵に笑う。

心底嫌な予感を覚えるアルマだったが、とうに外堀は埋められしまった。

もはや走り出した策謀を止めることは叶わず、満を持してガルエデンが嘯いた。

「夫婦を元の鞘に収める計画、題して『マジでＬＯＶＥする仲直り作戦』」

「…………………………………………………………………………」

表情の死んだアルマに、その重厚な声はがらんどうのように響いた。

これを悪夢と呼ばず、なんと呼ぶだろう。

「……は？」

小声がやっとの抵抗だった。

立ち尽くすアルマをよそに、周囲は勝手な結束を強めていく。

「はハ。女王陛下にいい土産話ができるかな。あ、オリビアちゃんもよろしく！」

「はい、こちらこそ。ところで、あなたは誰でしょうか？」

「……ねえ扉、壊れてる……ああ取れちゃった⁉」

挨拶を交わすロキとオリビア。その背後ではホワイトが板に成り下がった扉を抱えて慌てふためいていた。

感情が振り切ったのか、神経が擦り切れたのか、むしろアルマは落ち着いてきた。

そして、胸のなかではっきりと誓う。

（——……よし、抗おう。全力で）

愛用の手袋が傷むほどの握力で、拳を固く握りしめた。

表向きは冷静なものの、ふつふつと心で闘志が湧き上がる。

そんなアルマに、泰然とした態度のガルエデンが何気ない風に口にした。

「それからアルマ中佐。彼らは『監視官』だが、同時に夫婦の護衛でもある」

「はい。……はい？」

「正体不明の武装勢力が、きみら夫婦の暗殺に向けて動き始めているのだ」

ガルエデンの猛禽じみた視線に射抜かれ、アルマの頭の中が白く染まる。

徐々に意味が浸透するにつれて、表情が動揺に崩れていくのだった。

◇

同日の夜、職務を終えてアルマは帰路についていた。

薄暗い道で点々と輝く街路灯に沿って、黙々と歩みを続ける。

時おり背後から追い越していく自動車があると、そのヘッドライトに照らされて前方へ長くのびる己の影と――……アルマの背後を歩む二人分の影が視野に入る。

深く溜息(ためいき)をついて、心底嫌だが背後へと振り返った。

「どこまで付いてくるんだ。ロキ、オリビア」

「私たちはアルマ中佐たちの『監視官』なので！」

「俺たちはアルマ中佐たちの『護衛』ですからねえ」

無性に息を揃(そろ)えて、二人は言う。

「「無論、ご自宅まで」」

「…………」

面倒なことになった。

アルマの率直な心境はそれである。総帥命令が下されたおかげで、離婚届を役所に提出することもできなくなり、離婚の望みが絶たれてしまった。こればかりはこたえる。

「この仕事に、きみたちは前向きなんだな……」

彼らはいつになれば任務を外れるのだろう。

ストレン夫婦が離婚を諦めるまでとなれば、それは半永久的に——と同義だ。少なくともアルマはそう考える。

「……やれやれ」

思考が低迷している。まずは帰宅し、エリーゼに仔細(しさい)を伝えるべきだ。今後の対応を突き詰めるのは、それからでも遅くはないだろう。

「ロキ。オリビア」

少年少女の名を呼ぶ。

ともすれば、彼らとは長い付き合いになる可能性がある。『監視官』としては煩わしいことこの上ないが、一方で安全の保障に努めてくれる『護衛』でもあるのだ。

そこは切り分けて考えてもいい。元よりアルマは好き好んで争う性格ではない。だから、最低限の歩み寄りを見せるのも、大人の務めだろう。

「きみらさえよければ夕食に招きたい。この後、時間はあるかね?」

「——……っ!」

思わぬ提案を耳にし、ロキとオリビアは顔を見合わせる。

それから素直に喜ばしい情緒を顔に浮かべると、またしても声を重ねる。

「「是非お願いします……!」」

このときロキとオリビアは、確かに喜々とした感動で胸が満たされていた。

立場上、馴れ合う必要性はない。だが彼らも大衆の例に漏れず、夫婦の英雄としての活躍を聞き及んでおり、畏敬の念を持ち合わせていた。

遥か高みにいる、雲の上のような存在――身近にいることが信じがたいような、それでいて不思議と親しみ深いような、それがアルマとエリーゼに抱いた心証であった。

大いに敬意を払っている相手に対して、親睦を深める機会を断る理由はない。良いか悪いか、ロキとオリビアは遠慮を知らない性分だった。

威勢のいい返答に、アルマも口端を持ち上げた。

第一印象はお世辞にも良いものとは言えなかったが、存外微笑ましいところもある。

心なしか雰囲気が和らいだ折に、ストレン宅へと到着した。

玄関扉をアルマが押し開く。ロキとオリビアも後に続き、好奇心旺盛に内装を見回していた。

「……えっ」

三人が帰ったタイミングで、ちょうど廊下を横切ったエリーゼが驚きの声をあげる。

アルマ以外の人間がいることに意表を突かれたのだろう。

ロキとオリビアを紹介して挨拶を交わす前に、これだけは言っておかなくては。

「エリーゼ。離婚だが、本格的に難しくなってきた」

「――。……は？」

ドスの利いた妻の声色。

そして間もなく——ロキとオリビアは後悔することになる。

淡い期待だけしか抱かず、ストレン宅へ足を運んでしまったことを。

……深く、後悔することになる。

◇

料理の盛り付けられた平皿と、ナイフとフォークが擦れる慎ましい音が響く。

アルマ、エリーゼ、ロキ、オリビアの四人は、ダイニングで食卓を囲んでいた。

「「「「…………」」」」

誰ひとりとして口を開かず、黙々と食器を動かす。

先んじて料理を平らげたアルマは典雅に食後のコーヒーを一服し、そんな彼を睨み殺すかのような冷たい視線のエリーゼが厚切りのステーキを切り分けていた。

ロキとオリビアはといえば、そんな二人の顔色を横目に窺い、穏やかならない心境を物語る冷や汗を首筋に伝わせていた。

少しでも際立った音を食器で打ち鳴らせば、びくっと肩が跳ねてしまう。

どうしてご相伴に与ってしまったのだろうと、今更になって悔悟した。

……先ほど、玄関先で簡単に挨拶を済ませたあと、それぞれで分担して夕食の支度を始めた。そこからだ、ロキとオリビアの表情は段々と曇り始めた。

アルマとエリーゼという新婚夫婦が、想像を絶するほど険悪な空気だったためだ。

息の詰まる状況をどうにか好転させようと、上擦った声でロキが言う。

「あー、はハ。美味しいなあ、エリーゼさんの手料理！　料理上手ですねえ」

「ありがとう」

「…………、……。んフッ、こんなにご馳走を振る舞っていただいて、お腹もそうですが胸いっぱいです。突然押しかけてしまったのに……！」

「気にしないで。日中に食材は買い足しておいたから余裕があった」

「む？　ああ……朝に余計な消費をした分か」

冷蔵庫の蓄えはそれほど少なかっただろうかと、違和感を抱いた直後、早朝の出来事を想起したアルマがひとり納得する。

エリーゼが意固地になって作った無駄に豪勢な朝食が、結果を見れば、ちょうどよい買い出しの機会を設けてくれたわけだ。

アルマの呟きは事実を認めただけであり、特定の誰かを貶める意図はなかった。

だが、それを聞き流すことのできない人間が、ここにはいる。

「またお得意の小言ね」

「……なんだって？」

「癇に障った？　おかしな話ね。貴方の広い広い尺度の視点で見れば、目先の私を見ないふりすることも簡単でしょう？　聞き流して構わないわよ、いつもみたいに」

「きみの尚早な思考回路も大概だな。小言じゃない。単に独り言だ」

「私が不服に感じた時点で、貴方が語る真実なんて関係ないの」

「横暴だな。理性のかけらもない、言いがかりだ」

「謝ることもできないのかしら？」

「その必要性がないから、しないだけだ」

――……静寂。

エリーゼの双眸が、より一層、度し難い不穏さに満ち溢れる。

アルマもどんな胆力をしているのか、眉一つ動かさずにティーカップを傾けていた。

息が詰まるどころか、今度こそ窒息しかねない雰囲気である。ロキも再び言葉を発する勇気を挫かれた。手に握る食器がカタカタと震えてしまう。

意気消沈し、通夜のような物静かさで食事へと戻るのだった。

「さて。そろそろ本題に入ろう」

全員が食事を終えた頃を見計らい、アルマが己の指を組む。

ほかの三人もそちらへ視線を運んだ。ロキとオリビアなどは、長く続いた沈黙が破られて心なしか救われたような表情を浮かべている。

「エリーゼは初耳になるだろうが——僕らは暗殺の危機に直面しているらしい」

「……暗殺？　誰が、どうして？」

「相手の正体は掴めていない。目的は……東西平和の象徴として機能している僕ら夫婦を殺害することで、フェデンとウェギスの対立を煽ることだと推測されている」

「東西平和を敵視する対立派の仕業ってこと？」

「この情報を僕に伝えてきたガルエデン総帥は、少なくともそうお考えのようだ」

「……。ふうん」

抑揚のない口調で淡々と行われる事実確認。

この時ばかりはいがみ合いも起こらなかった。その態度が英雄然と映り、ロキとオリビアの二人が感嘆の息をつく。

微かに喋りやすくなった空気を感じ取り、オリビアが居ずまいを正した。

「あの……ストレン夫人！　お二人の安全を守るため、私とハインケル君は護衛として遣わされたのです。なので、今後はご一緒に行動を——」

「エリーゼでいいから。その呼び方、やめてもらえる？」

言葉の途中で、空恐ろしい笑顔が割り込んだ。

一見して冷酷そうな相貌に反して、エリーゼは根が優しい。だが、彼女の温情が前面に現れるときが稀(まれ)にある。内心に憤怒を抱いた時、無関係な周囲を怯(おび)えさせまいと努めて柔和に取り繕うのだ。普段以上に外面が優しげに映ってしまう逆転現象である。

だが大抵、そこまでしても鬼気迫る気配を相殺するには至らず、結局は怯えられる。

今回も例に漏れず、言葉の裏に潜む有無を言わさない圧力を、鋭敏に感じ取ったオリビアが尾を股に隠す犬のような萎縮ぶりで首肯した。

「くぅん……ううっ、わかりました。エリーゼさん……」

もはや泣き出す一歩手前だった。実に不憫(ふびん)である。

気遣わしげな眼差(まなざ)しのアルマが、見かねてオリビアを励ましにかかる。

「そういえば、ガルエデン総帥から聞かされたよ。オリビアは中央勤務の折から優秀で、実力のある若手だと。以前には閣下の身辺警護を務めた経験もあるらしいな、閣下がフェデン東方軍の司令部へ視察に向かわれた時だったか？　大したものだ」

「――……はいっ！　なにしろ私は士官学校を首席で卒業していますので！」

「そ、そうか」

「エリーゼさん、私は首席で士官学校を卒業しているのです！　ハインケル君、私は士官学校を卒業しているのですよ、首席で！」

「うん。わかったから。皆に主張して回らなくていいから」

褒め言葉を受け取り、瞬時に機嫌を持ち直したオリビアは、さながら満点で返ってきた試験用紙を身内に見せつけ回る子供のような得意げな笑みを掲げた。

ご満悦な彼女を落ち着かせ、アルマは気を取り直すように咳払い（せきばらい）を落とす。

「……だがな、オリビアとロキの役目は僕達（たち）の警護だけじゃない。僕とエリーゼとの離婚に反対する周囲が差し向けた『監視官』で、今後は行動を見張られるらしい」

「は？　なにそれ、誰が——……ううん、決まってるか」

「恐らくは想像通りだ。オリビアにはフェデン国軍から指令が出された。閣下の意思と言い換えてもいいだろう。それでロキは……」

「ええ、はい。俺はウェギス国女王陛下からオーダーを」

現状を把握したエリーゼが思い切り苦々しい表情を浮かべる。

ロキとオリビアの背後に控える後ろ盾の大きさを知り、本格的に離婚が難しくなったとのアルマの言い分を理解した様子だ。

そして、だからといって、離婚反対の訴えに唯々諾々と従う気もなさそうだった。

ますます柳眉を吊り上げ（つりあげ）るエリーゼ、その隣席でロキが逃げ腰になりつつも言う。

「俺たちからすれば、ご夫婦にはどうにか仲直りをして離婚を撤回してもらいたい……ですが、お二人が本気であることはわかりました。わかり過ぎる。怖いくらいに」

険しい面立ちのロキの向かい側で、オリビアもふんふんと頷い（うなずい）て同意を示した。

夫婦の警護および監視という二つの任務を同時に進行しなくてはならない。そのためには夫婦たち当人の協力が不可欠だ。

勝手な行動をされてしまえば、警護も監視もあったものではないのだから。

英雄夫婦が本気で抵抗すれば、抑え込むのは難儀するどころではない。それが明白だからこそ、暗殺の騒動が収まるまで強制的にどこかへ匿う(かくま)というのも得策ではない。

「……」

一方で、夫婦を自由にさせておくことで取れる方針もある。

その方針のためには、ともかく夫婦から目を離さないこと。頭ごなしに指図してばかりでは協力が望めず、突き放される可能性もある。あえてロキは親身な態度を示した。

「口うるさく復縁しろとは言いません。ただ暗殺の標的にされていることは事実、俺たちに護衛としての務めを全うさせてくれると助かります」

そうは言うが、ロキは夫婦を復縁させる役割を放棄したわけではない。

まずは小さな信頼から築いていき、最後には目的を果たす――これはその第一歩だ。

「わかった。警護については異論ない」

「うん。あれこれ制限されるのは御免だけどね」

「ご安心ください。今まで通りの生活を送っていただいて問題ありません。だよね、オリビアちゃん」

「ですです。私も同じように聞いていています」

そうなの？とエリーゼが意外そうに首を傾げる。

アルマも無言でそれを聞いていた。そこでふと壁時計を一瞥する。

「もう夜遅い。そろそろ開きにしよう。そういえば、きみら宿は……」

遠方から来ているロキとオリビアへ、どこへ宿泊するのかと尋ねる寸前。

――電話が鳴った。

口をつぐみ、ダイニングから離れる。足早に移動し、アルマは受話器を持ち上げた。

「はい、どちら様かな？」

『あ、アルマくんだね。丁度よかった。ぼくだよ、ぼく』

「その声、ホワイト中将を騙るか――何者だ、名乗るがいい」

『なんでぼくの名前まで出たのに偽物だって断定しちゃうの？』

「む……失礼。また、ぼくぼく詐欺の電話が来たかと」

『なんだいそれ、初めて聞いたけど。ていうか、またって……頻発してるのかい？』

「はい。今回で十三度目です」

『すごい集中的に狙われている!?　あと今回は本物だから！　まだ疑ってたの!?』

ホワイト本人の困惑が、受話器越しに届いてきた。

それから気を取り直すように、言葉が続けられる。

『えっと、それよりだね。ロキくんとオリビアくんは、今そこで一緒にいるのかい？』

「……？　ええ。その通りですが」

『実は、司令部に残してある彼らの荷物を運ぶ必要があって……そこでだね、ストレン家の部屋を、彼らに貸してあげてはくれないだろうか』

「――……」

アルマの眉間に深いしわが刻まれる。

「それは、彼らと共に生活しろということですか」

『う、うん』

「『監視官』で『護衛』だからですか。逐一行動を見張られながら暮らせと？」

『ま、待っておくれよ。嫌がるのもわかるけど、仕方がないことなんだ』

「――。上からの圧力ですか」

『そうだね。彼らを身近に置くことが、お偉方にとっての最低条件だそうだ』

「……」

『アルマくん。ぼくからもどうか頼むよ。強引に事を進めるやり方は、ぼくも賛同したくはない。だがやむを得ないと判断すれば、お偉方は手段を選んではくれないだろう』

「……」

『我慢を強いてしまうことには変わりないけど、協力をお願いできないかな……？』

ホワイトの声色は、申し訳なげに揺れていた。

彼らを住まわせることに現実的な問題はない。空いた部屋ならある。

あとは、こちらの気持ちの問題なのだが——……アルマは渋々、深く溜息(ためいき)をついた。

「今回だけ……ホワイト中将の顔を立てましょう、今回だけですよ」

『アルマくん……』

「普段世話になっていますからね」

他でもないホワイトの言葉だから、アルマたちを思っての提案であることは疑わない。

嫌なことは嫌だが、断固として拒絶するほどのことでもない。離婚という大局的な目標を抱えている以上、下手に動いて厳戒態勢を強めてしまうことのほうが避けたい。

いざとなれば『監視官』ふたりだけなら振り切れる。

そう思うと、あちらも存外に甘い対応だと感じなくもない。夫婦の行動にこれといった制限を掛けないこともそうだが、どこか胸に引っ掛かる。

『じゃあ、軍部の手が空いている者に彼らの荷物を送らせるよ。よろしく頼むね』

「……わかりました」

そうして通話を終えた。

受話器を戻し、思案を巡らせながらダイニングに戻る。

するとアルマに気が付き、ロキがひらひらと手を振って迎えた。

「アルマ中佐！　そういえば俺とオリビアちゃん、今日からここで暮らします」

「……きみも、そういうことはもっと早く言え」

幸先不安な生活に、アルマはがっくりと肩を落とすのだった。

深夜。ジョンポート市の廃工場にて、ルミは身を潜めていた。

休息地であった『ミストリの街』から移動し、暗殺の標的が住まう都市に潜伏することは難しくなかった。なにせ、連れ出した同志は精鋭三名と相棒のマロゥのみ。

少数での作戦行動に徹して極力目立たず、なおかつ装備も最小限に、服装も市民らしく扮装している。

ルミを除いた面々の体格が異様にいいことを除けば、不審がられる理由はない。

ここまでは順調なのだが、ルミは半眼で腕を組み、指先をタンタンと不機嫌に叩く。

「……暗殺の決行は近いのよ？　しかも奇襲、絶対に目立っちゃいけないのよ？」

そう、不意を突いてストレン夫婦を襲撃する計画を現在進行中だ。

部隊の残りは後方に配置し、指示を送れば増援に駆け付けられる位置で待機させる。

すでに一部の同志が捕らえられていることを鑑みれば、こちらの存在だけは知られているかもしれない。だが本隊は捕捉されていない。すなわち初撃の優位性は失われていない。

この好機を逃す手はない。

「だっていうのに、あなたたち、いつまで筋トレしているのよ。体力の無駄でしょ！」

「……ふッ、ふッ……気にするな、ルミ殿。この程度であれば呼吸同然、むしろ調子が良くなるくらいだ……！」

「マロゥはそうでしょうね、身体しか取り柄がないんだから！　じゃなくて、あなたに触発された同志たちが思いっきりへばっているじゃないの⁉」

先ほどから工場跡地で見受けられる光景——手加減抜きに過酷な筋トレの最中であるマロゥと、その背後で同じくトレーニングに励む屈強な男たちという絵面である。

マロゥと同じペースを維持しようと食らいつく彼らだが、それを実現するには、肉体の素質が違い過ぎた。見る見る突き放され、体力が尽きるほうが早いと見える。

対して、大口を叩くだけあってマロゥに疲労の色はない。先んじて力尽きた三人の屈強な同志たちは、恐れと敬意の滲んだ視線を彼女に向けていた。

汗を滴らせて煌めくマロゥは、余裕そうな一笑を掲げる。

「なんだ。情けないぞお前たち。女の吾輩にも敵わないのか？」

「マロゥ。あなたが相手じゃ大抵の人類は無理よ……」

「もっと活力を振り絞れ。限界を超えろ。何のためにここにいるんだ」

「暗殺のためでしょ。筋トレのためじゃないからね。筋トレのためじゃないわよ？」

「拠点には帰らせないぞ。トレーニングをこなせるまでは、な」

「筋トレのためじゃないってば!? 私の言うことを聞きなさいよ、筋肉バカども！」

「ルミ殿。褒め言葉を送るにはまだ早い。彼らが成熟したときに、また頼む」

「褒めてないわよ、罵倒してんのよ!? ああもう、人選ミスだったかしら……」

頭を抱えるルミをよそに、マロゥと同志三名は爽やかな汗を流している。

もはや放っておけば《灰の部隊（グレイズ）》の理念さえも忘れ、健全な真人間に生まれ変わりそうな夢中ぶりだ。本当に奇襲作戦を遂行できるだろうかと、ルミが眉間を揉（も）んだ。

「ともかく慎重に作戦は進めるからね……潜伏中に好機を見つけたら仕掛ける。いつでも戦闘できる用意はしておいてよ！」

「──違う！　正しいフォームはこう！」

「「「おぉ……！」」」

「……《灰の部隊》、本当は筋トレ同好会だったのかしら……」

大事な話を聞いちゃいない仲間たちを前に、ルミはがっくりと膝を折るのだった。

第二章　英雄夫婦の強制コンティニュー

翌朝。午前六時。

いつも通りに起床したアルマは、シャワーを浴びた後、身支度を整えていく。

ネクタイを締めつつ、朝食を用意するためキッチンに向かう。すると、空腹を刺激する良い香りが漂ってくることに気が付いた。

一瞬、思考に空白が生まれる。

（まさか、エリーゼ……？　朝の弱さを克服した……のか？）

慎重な足取りに切り替え、足音を殺して近づく。

キッチンを覗き込むと、そこにいたのは――。

「……ふふん。たらったら、らったった……ちゃんちゃかぷー……」

「オリビア？」

「――わぁお!?　おやっ、アルマ中佐でしたか。おはようございます！」

ハミングを口ずさむ最中で驚きの声を上げげ――振り返ったオリビアは、アルマを認めると満面の笑みを浮かべる。

身に着けたエプロンの裾をふわふわ揺らし、片手鍋を振るっていた。

その様子を見れば、何をしているかなど尋ねるまでもない。

「きみか……朝食をつくっていたのか」

「はい。昨晩のうちにアルマ中佐とエリーゼさんから、キッチンの使用許可もいただきましたので、皆さんの分も一緒に！」

「ああ、そんな話もしたか……。しかし、そう気を使わなくともいいんだぞ」

「私がそうしたかったんです！　あ、それとも……ご迷惑でしたか？」

「ん、いいや。助かるよ」

微笑を掲げると、オリビアも豊かな胸を撫で下ろしていた。

彼女が調理していたのはホットサンドだ。バターを投じた片手鍋でパンの表面を軽く焼き、そこへハムとチーズを乗せる。上からもパンで挟み、裏返して両面を焼くのだ。

片手鍋のサイズが小さく、火にかけられるのは二人前が限度だった。だが、オリビアは手際よく動いている。アルマもほう、と感嘆の息をつく。

「では、僕は付け合わせのサラダを用意しよう。そちらは平気かね？」

「もちろんです。私は士官学校を首席で卒業していますから」

「それ関係あるのかい？」

二人がかりで用意した朝食はつつがなく完成した。

香ばしく湯気を上げるホットサンドは、思わず唾を飲むほど香り高い。出来立ての味が格別であることに信頼が高まった。朝が弱いエリーゼは憐れにも、温かいホットサンドを食す機会を逃したのだとアルマは内心鼻で笑う。

「……じゅるり」

「ぬわっ⁉　エリーゼ、いつの間に⁉」

悪態ついたのを察知したのではなく、単に匂いに誘われたのだろう。知らないうちにエリーゼがキッチンを覗き込んでいた。

眠気を引きずっているのは相変わらずで、ゆらゆらと体幹が安定せず揺れている。

「じゅるり……」

「うわあ！　ハインケル君もいます……！」

オリビアが引き気味で言う通り、エリーゼの隣で、ロキまでも寝ぼけ眼で揺れていた。夫婦の護衛であるオリビアとロキは、三時間ごとの交代で睡眠を取っている。そしてオリビアは先ほど起床し、入れ替わりでロキが寝付いたのはつい先ほどだ。

エリーゼの低血圧と違い、単にロキは寝不足のためだろうが、不気味な光景である。

「……。全員揃ったことだし、ひとまず席につくか」

アルマの言葉が聞こえているのか判然としない者もいるが……それとして、オリビアの用意したホットサンドはやはり美味だった。

◇

出勤前になり、アルマは、あることに気が付いた。

「む……そういえば、懐に入れたままだったか」

軍服から取り出したのは、先日用意した離婚届だ。

総帥命令が発せられたおかげで、もはや何の益もないどころか、むしろ役所に提出したら軍事裁判に掛けられる恐れさえある……アルマにとって有害過ぎる書状だ。

総帥命令が解除されない限り、保管していたところで意味はない。しかし——

「限りなく望み薄だとしても、いざという時のため……か」

アルマは自室の棚に離婚届をしまっておく。

いつか堂々と取り出せる日が訪れることを心から願いながら、自室を出るアルマ。

——それから、数分後。

アルマが出勤したタイミングを見計らい、彼の自室に忍び込む人影があった。

「……あった。離婚届」

目的のものを手中に収め、口端を持ち上げる。

そして——くしゃりと紙面を撫で、エリーゼは部屋を後にした。

その日の夜、ストレン宅にて。

とある理由から――エリーゼは、住人の全員から責められていた。

「んもう、びっくりしたんですから！　私も任務が果たせないのは困るんですよう、偉い人達に怒られるんですから！　勝手に離婚届を役所に出さないでください！」

「わかったわ……反省しているってば」

「はハー……エリーゼさん、本当に約束してくださいね。これに懲りたら、ショッピングの途中で忽然と姿を消すのはナシですよ。本当びっくりしたんですから」

「……わかったわよ」

「きみのおかげで、危うく軍事裁判沙汰だ。申し開きはあるかね？」

「罪人の烙印を押されたあなたが見られなくて残念だわ」

「おい……なぜ僕にだけ謝罪がない！」

オリビアとロキに続く流れに逆らい、アルマとは熾烈な火花を散らすエリーゼ。

それから、彼の前で露骨に溜息をつく。

「大罪人の烙印が押されたあなたが見られなくて、本当に残念だわ」

「二度言うな。ただの罪人から格を上げた上に、本当にとか付け加えるな！」

「大体、役所にフェデン国軍の息がかかっているなんてずるいわよ。受付に離婚届を手渡したら、流れ作業でシュレッダーに掛けるだなんて、予想できなかったもの……」

「ああ……総帥はやるときは徹底的に、というお人柄だからな……」

結局のところ、役所に離婚届が提出されたところで、受理されることはなかったということが判明してしまった。

気苦労の浮かぶアルマも、エリーゼと同じくらい深々と溜息をつくのだった。

エリーゼへの禊を終え、迎えた就寝の時。

四人が解散し、家中の灯りが消えてから数時間後。

警護のため深夜に起きていたオリビアが、同じ部屋で眠るロキを揺さぶる。

「ハインケル君、ハインケル君。起きてください……」

「んン……もう交代？」

「いいえ。作戦会議です、あの二人を本格的に仲直りさせましょう……！」

オリビアは部屋の照明を点し、声を潜めながら意気揚々と手を突き上げた。

そうして紙束を引っ張り出してくる。

「見てください。ガルエデン総帥が中央の情報将校の手も借りて仕上げたプラン表、これこそ『マジでＬＯＶＥする仲直り作戦』の完全版です！」

「……寝たい……」

朦朧とした意識のロキと違い、底抜けに元気なオリビアが続ける。

「明日から作戦に沿って私たちは動いていきます。緻密な段取りがありますので、まずは隅々まで頭に叩き込みましょう。さあさあ今夜は寝かせませんよ！」

「そういう台詞は、もっと色っぽく言ってくれ……」

「……。…………。こ、今夜は寝かせませんよ……？」

律義なオリビアは、戸惑いながら、彼の耳元で囁いた。

瞳をカッ！と開いたロキが直立する勢いで跳び起きた。

「喜んで!!」

ロキの溌剌とした返答が家中に響いた。

間をおいて、ストレン宅の消灯していたある一室が、ぱっと灯りを点す。

安眠を邪魔されたエリーゼが、不穏な気配を迸らせながら自室から出た。

おぼろげな意識でふらふらと、階段を降りてロキとオリビアの部屋へ向かう。

無言で扉を開くと侵入していき——

「…………」

数分後、彼女は半開きの寝ぼけ眼のまま部屋から退室した。

静まり返った寝室。直前まで活動的だったオリビアとロキは、今や四肢を投げ出して熟睡――もとい昏倒させられたのだった。

◇

フェデン西方軍の司令部において、緊急要請に駆り出されることは日常茶飯事だ。

この日もそう、アルマのもとに事件が舞い込んできた。

「――……指名手配犯の追跡？」

「はい。東西平和の存続が懸かったこの任務、アルマ中佐にしか任せられません！」

太陽のような笑顔のオリビアからそんなことを告げられた。

危機に直面しているにしては朗らかな相貌が眩しい。アルマは首を捻る。

そうして、ぐるりと周囲を見渡した。

日中の温もりが差し込む西方司令部の廊下――コーヒーを手に気を休める者、談笑しながら同僚とランチに向かう者、三角頭巾にエプロン姿で執務室の清掃に励むホワイト。

いつになく平穏な昼下がりの光景であった。

事件が起こったとき特有の緊張感には敏感なつもりだが、何も感じられない。

「本当に、そんな事件が起こっていると？」

「おっしゃる通りです。アルマ中佐を除いては、士官学校を首席で卒業した私くらいしか解決できない事件でしょう。犯人確保につきましては、細かい条件を指定させていただきますが——……んっと、明日の午前十時に《ナカナオリパーク》という遊園地にお越しください。もちろん私服で、なるべくおめかししてくださいね」

「遊園地で待ち合わせ？　…………………え、誰と？　犯人？」

「それから犯人の名はロッキー・ハインケリィ。ウェギス出身。二十歳に見えなくもない仕上がり。喧嘩(けんか)別れしたフェデン人の恋人を追って不法入国したうえ、自分たちと同じフェデン人とウェギス人のカップルを見ると嫉妬に駆られて襲い掛かる凶悪犯です」

「……名前に耳なじみが……」

「ハインケリィ君には密入国を手引きした仲間がいます。根城を暴くためにも、捕まえず泳がせましょう。あと暴力とか痛い系はＮＧ希望だそうです。彼らを野放しにしては、東西の垣根を超えたカップルが今後誕生しない世の中になってしまうかもしれません！」

「ひょっとして犯人と面識あったりする？」

「必ずや任務を成功させましょう。東西の平和のために！」

拳を突き上げるオリビアに言われるがまま、任務を押し付けられてしまった。

オリビアは得意げに成し遂げた表情を浮かべている——が。

（……変だ。どこが、という話じゃない。すべてが変だ）

アルマは、すこぶる冷静だった。

いまの話は本当なのだろうか。もし本当だとしたらアルマの常識が狂いかねない。だとすれば、やはり嘘……なのだろうか。

そんなときだった。

「――……アルマくん。その任務、行ってくるんだ」

「ホ、ホワイト中将？」

額に巻いていた三角頭巾を外しつつ、ホワイトが歩み寄ってきた。

それから、彼は数枚の紙束を手渡してくる。

「これは犯人の資料だ。いまオリビアくんが話してくれた通り、この事件の解決は急務となっている。軍部のお偉い方からの命令だ、きみが行くんだ」

「……」

「アルマ中佐。東西平和の存亡が懸かっている。よろしく頼むよ」

直前まで清掃していたエプロン姿だが、ホワイトは厳かに言った。

その厳粛な気配に触れ、アルマは目の色を変える。背筋を真っすぐに伸ばした。

これは任務だと、信頼する上官のホワイトが言ったのだ。

東西平和の存亡が懸かっているとも口にしていた。

よくよく考えてみれば、アルマにはそれだけで充分だった。

「ハッ。全力で、任務に臨みます！」

精悍な面立ちのアルマは――……考えに考えを重ねた、考えすぎの石頭で結論づけた。

闘志を燃やす彼の後方で、ホワイトとオリビアがこっそり囁き合う。

「本当に信じさせる気があるのか正気を疑うような筋書きだったけど、大丈夫かい？」

「問題ありません。作戦には少しの狂いもないですから」

「ぼくには元から狂った作戦としか思えないよ。うぅん……一芝居打った甲斐、あったらいいなぁ」

……と、顔を見合わせていた。

――同日。

日用品の買い出しから帰途に就くエリーゼが、ふいに足を止めた。

あとに続くロキは首を傾げ、疑念を投げかける。

「どうかしましたかー？」

「女の人の泣く声が聞こえる……」

「ん？　そうですか？　別にどこからも――あっ、ちょ、エリーゼさん!?」

耳を澄ませたロキを置き去りに、エリーゼは非凡な瞬発力で駆けだした。

両手に抱えた買い物袋というハンデがありながら、ロキとは比較にならない脚力だ。危うくエリーゼを見失いかける。だが、走った距離はそう長くはなかった。

四十秒ほど疾走したところ、たどり着いた先には公園があった。

「はァ……ハア〰〰……俺は体力に自信ないんですよ。あまり走らせないでくれると助かります。ねえ、エリーゼさん、ちょっとー！」

「ねえ。そこのあなた、どうしたの？」

肩で息をするロキは眼中になく、エリーゼは公園のベンチに歩み寄った。

そこには赤く腫らした目元をこする、泣きぼくろが印象的な若い女性がいた。

すんすんと洟をすすり、エリーゼを緩慢に見上げてくる。

それから、ベンチから転げ落ちる勢いで、泣きながら足に縋りついてきた。

「ひっく、ううぅ、助けてくださいぃ……！」

「わっ。大丈夫？」

女性の背中をさすりながら、エリーゼが優しげな口調で尋ねる。

その背後で、すっかり存在をスルーされ続け、傍観するしかないロキは、

（んー面倒な寄り道だなァ……つーか、この泣きぼくろのお姉さん）

エリーゼに何やら助けを求めた女性だが――……どこか妙だと訝しむ。

この光景を表面的に見ただけでは気が付かなかっただろう。しかしロキは、高尚な人助け精神とは逆の疑り深さを持ち合わせるからこそ、女性の異質さに気が付いた。

（……胡散臭い。俺もよく他人から言われるおかげで、この勘には自信ある……）

涙で潤んだ双眸、そこに宿る無機質な情緒。

そのとき、女性と視線がぶつかり、ロキがハッと息を呑む。

起伏に富んだ身体を、すっぽり包み込むオーバーサイズのパーカー。そんな服の袖から
わずかだけ露出させた手に——……小さなメッセージカードがつまれていた。

エリーゼからは死角だ。密着した体勢で、女性が泣き止むのを待っている。

それは意図的に作り出された隙だった。他ならない泣きぼくろの女性によって。

「……」

不気味に感じ、ほんのり腰が引けながらもメッセージカードを受け取る。

一瞥すると、そこには女性の正体と事情が記されていた。

やや緊張を帯びた面立ちで、状況を理解したロキは神妙に頷き返す。

女性はそれを見届けると、嘘泣きを抑え、傷心の演技を再開する。

「……わ、私……ウェギス人の恋人が、いたんですぅ……」

「うん」

たどたどしく喋り始めた女性を、エリーゼは再びベンチに座らせる。

自らも隣に腰かけ、安心させるように背中をさすり続けた。

「元々、恋人の彼とはウェギスで暮らしていました……でも彼、昔は優しかったのに、一

度の喧嘩で人が変わったみたいに……乱暴まで振るうようになって、もう一緒にいるのは無理だと思って、ひとりで逃げて来たんですぅ……私は故郷がフェデンなので」

「そう、つらかったでしょうね。勇気ある行動よ。男のほうは万死に値するわ」

親身に寄り添うエリーゼ。最後だけエグイほど棘のある言い方をされ、ロキが渇いた笑みを浮かべる。

（……エリーゼさん、まさか今の話で、自分とアルマ中佐を重ねてる……？）

他人事のはずなのに、エリーゼの反応からは個人的な怨嗟が感じられた。

頬を引き攣らせるロキは、いまだ不信感の募る泣きぼくろの女性を流し見て、このまま静観していて大丈夫なのかと半信半疑の視線を送る。

すると、心配には及ばないと、浅い首肯が返された。

ロキは知る由もないが、エリーゼから共感を引き出した時点で、女は目的を半ば達成していた。いよいよ仕上げに取り掛かるべく、泣きぼくろの女性は滂沱の涙を流す。

「実は、彼もフェデンに来ていたんです！　私を連れ戻すために密入国までして、指名手配犯として今は追われているって……直接会って話されました。ヨリを戻したいから、絶対に逃さないとも。私は怖くてすぐに逃げてしまったけど」

「身勝手な犯罪者ね。腹立たしいわ」

「……誰かに助けてほしい。でも、頼れる家族や友達も私にはいないし……彼から軍や憲兵に通報したらただじゃおかないって脅されて……誰かが、彼を止めてくれたら」

彼女の願いに、エリーゼの醸す気配に変化が生じた。

それを如実に感じ取り、ロキは冷や汗を伝わせる。

（なるほど。随分とまァ、手の込んだことを……）

口元を手で覆うロキは、そこで意地の悪い笑みを浮かべた。

泣きぼくろの女性の狙いを理解したのだ。

「わかったわ。私に任せて」

エリーゼは己の胸を叩く。声色が強固な使命感を帯びていた。

その言葉を受け、泣きぼくろの女性は驚きを浮かべる。両手で涙を拭い、微笑んだ。

勇気と安心をもらったという感動的な場面とは、似ても似つかないとロキは思った。

それから、泣きぼくろの女性は滔々と喋り出す。

「ありがとうございます！　明日十時、彼は《ナカナオリパーク》っていう遊園地に現れるはずです。私も来るように言われていたけど、身を隠します。彼の名はロッキー・ハインケリィ。私たちの恋愛がうまくいかなかったこともあって、フェデン人とウェギス人のカップルを全部目の仇にしているので、カップルのふりをして遊園地を歩き回れば、向こうから見つけてくれるかもしれません。あ、絶対おしゃれしてきてくださいね」

「ん？？　気のせいかしら、男の名前に耳なじみが……それに、おしゃれ？」

「はい！　本当にありがとう。じゃあ私もう行きます。さようなら！」

「え。あ、ちょっと待って……!?」

颯爽とベンチから飛び降りて、泣きぼくろの女性はぱたぱたと走り去る。その表情に少しも曇りがないことを看破し、手応えを感じられないエリーゼが首を捻った。

曲がり角を折れると女性の姿は完全に見えなくなる。

「はハ。エリーゼさんのおかげで、彼女は元気になったようですね」

「でも、なんだか変じゃない……？」

そりゃ変だろうと胸中で同意を示すロキだが、もちろん言葉には出さない。

気付かれないよう、手中に隠したメッセージカードを再び眺めた。

──『群衆派遣組織《エキストラ》　EXコード１１２２』

ウェギス国で君主警護隊として働いていたとき耳に挟んだことがある。どんな年齢、容姿、肩書であろうと要望があれば適切な人間を送り出す都市伝説じみた集団だ。

噂では、ウェギス国の王室直属の秘密機関だとも言われているが……。

真偽は定かではない。ただ味方ではある。なぜならメッセージカードには、こう手書きで追記されていた。

「『マジでLOVEする仲直り作戦の準備中。邪魔するな』……ね」

メッセージカードをポケットに仕舞い、何食わぬ顔でエリーゼと公園を後にする。

準備が整い、決行は明日。

進展か後退か、どちらにせよ夫婦仲に動きがあるのは間違いないと、ロキは思った。

◇

翌日。午前十時ちょうど。

外出する際には軍服を着ることが大半だったアルマは、私服に袖を通す感覚を久しく味わいながら――……指定された《ナカナオリパーク》なる遊園地にて待機していた。

伊達（だて）メガネも着用し、申し訳程度に変装している。フェデン国軍支給の自動拳銃を腰元に忍ばせているが、外から見て武器の所持に気付かれることはないだろう。

休日ということもあって周囲には家族連れが多い。ひとり立ち尽くしていては悪目立ちしてしまいそうだ。少しばかり居心地が悪かった。

だが、ここを動くわけにはいかない。すでに任務は始まっているのだ。

昨日ホワイトから受け取った資料には目を通してある。凶悪な密入国者の一派を捕らえる一連の流れと、主犯ロッキー・ハインケリィの顔写真は確認済みだ。

派手な暖色の髪をピンで留め、取ってつけたようなチープな口髭（くちひげ）をした男である。

無視できない既視感に顔写真を三度見くらいはしたが、雑念は振り払った。

遊園地が十時に開場し、その後、ロッキーは必ず受付を通る。

アルマは入り口を見張り、確認した顔写真と一致する人物を発見したら、その後をつける。ロッキーは共犯の密入国者と合流する手筈らしい。そこを一網打尽に確保するのだ。

要点としては――手配犯を見逃さず、こちらの存在には気づかせない。

油断なく目を光らせ、アルマは機械的な無表情で犯人の出没を待った。

（それにしても――……）

人々の往来が激しい遊園地の入り口付近で、アルマはふと思い返す。

今朝の朝食後、ストレン家で異様な事態に直面したのだ。

アルマ以外の住人が忽然と姿を消していたのである。エリーゼだけならまだわかる。

だが、夫婦の『監視』と『護衛』を担うオリビアとロキまでもいないとなれば、いよいよ不審に思う。以前、エリーゼが彼らの目を盗んで役所に行ったときなど、後でさんざん叱られたというのに。

ここに来て放置されることに、何か裏があると考えるのは当然の帰結だ。

家での異変に気付いた直後、アルマは念のためホワイトに電話をかけて、何か知らないかと尋ねたが……

『うん、すまない。ぼくに心当たりはないな。でも、危ないことにはなっていないから安心していいよ。あっ、これはあくまで、ぼくの勘だけどね……っ！』

と期待していた情報は得られなかった。

そして、電話を終えた後、ダイニングの机の下から一切れの書き置きを発見した。もとは机の上に置いていたのだろうが、風に飛ばされて床に落ちてしまったのだろう。

拾い上げ、目を通すと――

『心配なさらず、任務に向かってください。私たちも勤めを果たしますので！』

という走り書きがあった。差出人はオリビアと、名前も添えられている。

本当に心配するような事態には陥っていないらしい。ようやく肩の力を抜けた。

姿を消した謎は未解決なままだが、オリビアたちがいなかろうと、今のアルマがすべきことに変わりはない――そう判断して、アルマは任務に向かったのだった。

「…………」

彼らは今どこで何をしているのか、本当に気にならないかといえば、嘘になる。

現にそのおかげで、任務中だというのに油断すれば雑念が湧き上がっていた。

たとえば、そう――いま身に着けている私服や伊達メガネも、結婚当初にエリーゼと一緒に選んだ代物だったな、とか。

今考えるべきことではないのに、感傷に浸るみたいに思い返してしまう。

妻とのかつての時間は、昔のアルマにとって、それほどまでに――……

「アル？」

鼓膜を揺らした声色に、アルマは思考を止めた。

左右へ視線を振り、声の出所を探すと、意外なほど間近にエリーゼがいた。

……なぜか彼女の装いは、華やかに着飾られている。

普段は後ろ髪の一房をリボンで結っているが、今日はツーテールのおさげにし、緩く垂らしていた。相貌も丹念に化粧を施され、小鼻や唇がつぶらな愛嬌を印象づける。

服装もエリーゼ好みの朱色を基調とし、さながら淑やかな令嬢のよう。

変装用の丸眼鏡は彼女の小顔には大きかったのか、やや下にずれ気味だった。

鮮やかな紅の双眸を揺るがせて、彼女もまたアルマの存在に驚いている。

しばし、時を忘れたかのように見つめ合う――そして。

「どうしてここにいる。目障りだ。帰りたまえ」

「は？　私の台詞だけど。ここはあなたの来るような場所じゃないわよ」

舌鋒鋭く相手を切り捨てた。

攻撃的に眦を吊り上げ、双方一歩も引かずに睨み合う。

「僕は任務だ。遊びじゃない。この場に現れる指名手配犯を捕らえるためだ」

「――――指名手配犯……」

即座に言い返そうとして、エリーゼは小声で呟く。

開いた唇を真一文字に結ぶと、それから剣呑な態度を取り戻す。

「また、私の邪魔をする……本当に、どこまでも疎ましいわ」

「ああ——経験則で大体わかる。事情はともかく話し合っても無駄だとな」

殺伐とした雰囲気が衝突した。互いを不倶戴天の敵だと認め合う。

殺し合いに発展しかねない物々しさを、周囲の市民もまばらに察知し始めた。

早とちりで憲兵に通報されても不思議ではない。暴力沙汰に及べば、いよいよ言い訳の余地もなくなる。

頭の片隅の冷静な部分でアルマは理解していた。騒動が大きくなれば、このパーク周辺のどこかにいる指名手配犯を警戒させ、任務の成功率が著しく低下する。絶対に手を出すべきではない。

そう、理解だけはしている。

「——……」

「……——」

濃密な殺気を漂わせ、視線が交差する。

多少なり戦闘の心得があるものが居合わせれば、生きた心地がせず、全身から脂汗を溢れさせただろう。鈍感な一般市民だからこそ、パニックが伝播せずに済んでいた。

そのとき。

張り詰められた殺意の糸が——……ぷつんと、途切れる。

「……パークの、マスコット？　園外だろう、ここは」

アルマが呟いた通り、遊園地の顔で知られるマスコットの着ぐるみが傍らにいた。

客寄せの最中なのか、大げさな身振りで入園を催促してくる。大きな耳と尻尾が印象的で、モチーフが何かは特定しがたいマスコットに、アルマは断りを入れた。

「すまない。楽しみに来たわけではないんだ。仕事の邪魔をして悪いが」

「かわいい……」

「──えっ？」

頬を緩ませるエリーゼに、がばっとアルマが顔を向ける。

和みの気配がほんわかと漂ってきた。彼女が熱心に収集しているキャラブランド『ユニファミ』と関連はないにしろ、可愛いもの好きの琴線に触れたらしい。

膨らみ切っていた殺気が、針を刺された風船のようにしぼんでゆく。

ひとり鬼神が如き表情でいたアルマもまた、エリーゼから発せられる生温かいオーラを浴びて、背骨が溶けたのかと思うほどに脱力した。

「……もうどうでもいいか」

アルマにしては珍しく思考を放り出し、すっきりした顔を浮かべた。

その最中も、エリーゼは着ぐるみのマスコットと戯れている。

「ふふ。あなたはどういう子なの？　お客さんいっぱい呼べて偉いわね」

「……」

アルマは真顔でそれを眺めた。

……別にどうでもよいが、エリーゼの慈しみを見せたときの変貌ぶりがすごい。

遊園地という愉快なムード溢れる娯楽施設にいながら、アルマの心は冷めていた。

「くだらん。着ぐるみのなかにいる人間が仕事をしているだけだろう」

「は？　あなたは自分の株を下落させる天才ね。物事を楽しむ感受性が枯れ果てているんじゃないかしら。いいこと？　着ぐるみに人がいると指摘するのは野暮なのよ。あなたが言う程度のことは承知の上で、私はこの子との触れ合いを楽しんでいるの！」

「……そうか。好きにしろ。もう何も言わん」

呆れ顔で嘆息する。任務中に、利益のない言い争いで体力を無駄にはできない。

アルマという目障りな唐変木を追い払い、エリーゼは気を取り直した。

「やれやれだわ。ごめんなさいね、騒がしくして」

すると、愛らしい風体のマスコットが愛らしい身振りを交えて喋り出す。

「平気だもの～。気にしていないもの～。本当は機嫌を損ねていたところで表に出さないのが接客の基本だもの～！」

「…………最後の一言は、表に出さないほうがよかったと思うの」

労働という概念とは無縁そうなファンシーな外見を裏切り、マスコットは接客に対する意識の高さを見せつけた。おかげで現実に引き戻されたエリーゼが真顔になる。

よく見るとマスコットの胸元には『のけもの　01』と名札がついていた。それが彼の名なのだろうか。このテーマパークは、一体どんなテーマを扱っているというのか。

ごくりと息を呑むアルマ。

のけものは、メルヘンに芝居がかった物言いで続けた。

「ここは仲直りが永遠のテーマのパークだもの。仲直りの前には仲違いがあるもの、だからぼくらマスコット族はずっと仲違いで仲直りの最中だもの。ぼくらと違ってニンゲンのみんなは仲直りができるもの。それはとっても…………はぁ、うらやましい」

「最後の一言に切実さがこもり過ぎているな」

思った以上の業を背負っていた。アルマは憐憫を向ける。

しかし、気を持ち直したのか、のけものは諸手を掲げると強気に入場を誘ってきた。

「ともかく、こちらへどうぞもの。入口はあそこ、あそこ、あそこだもの～！」

「急に主張が激しいな。なんなんだ」

「──……」

腕を掴んでくるのけものを、アルマは容赦なく振り払う。

そんなとき、別の何かに気が付いたエリーゼが、双眸を細める。

気を削がれながらも、広い視野を保っていたアルマは同じものを捕捉した。

周囲に目を配りつつパークへ入場していく――胡乱な口髭の男。

男は周囲より頭ひとつ背丈が高く、人垣に紛れても目につきやすい。

派手な暖色の髪に留めピン。ネクタイやシャツの着崩しにこだわりを思わせる。

所持している顔写真と見比べ、アルマが不穏な低音で言う。

「見つけた。ロッキー・ハインケリィ……！」

「あれが――……そう」

「なに？」

思わぬエリーゼの反応に、アルマが疑念を呈する。

「エリーゼ、なぜきみが奴に目を付ける？　まさか、ここへ来た目的は……」

「……あなたの目当ても、そうなのね。そうじゃないかと思っていたけど」

アルマとエリーゼが視線をぶつける。刹那、見つめ合った。

相手にも、己と同じく譲れない思いがあると、その事実だけは認める。

そしてアルマは脳裏で考える。この状況における最善手を。

「……事情を話せ。手短にだ」

「それは、どういう風の吹き回し？」

エリーゼが怪訝に尋ねる。アルマとしても苦渋の選択だった。

「噴水広場の時と同じ轍を踏みたくない。避けられる衝突は避けるべきだ。僕が任務を果たすためにも。きみが目的を果たすためにも」

「………」

「まだ、話し合いすらしていなかった。僕から言うが、きみへの要求はみだりに奴に接触しないことだ。奴は必ず捕らえる。が、今はまだそのときじゃない。……きみは？」

「――」

一瞬、エリーゼは逡巡した。

直後、エリーゼの脳裏をよぎったのは、昨日の公園での会話である。

男との縁を切ろうにも切れずに悩まされ、涙ながらに震えていた泣きぼくろの女性の憂いを晴らすために――……ロッキーを野放しにしてはおけない。

捕まえられるうちに捕まえておかなくては、逃げられてからでは遅いのだ。

「あなたとの話し合いなんて……ごめんだわ！」

エリーゼは単身で移動を開始した。

一直線にロッキーの下へ向かう彼女を見て、アルマが慌てて制止する。

「くっ、おい。待ちたまえ！　奴はいずれ共犯者と合流する。接触はしばらくよせ！」

「そんな悠長なことは言っていられない。私がすぐにでも捕まえる」

「さ――せるかっ、そんな真似、僕が許さん……！」

本気の形相を晒したアルマが、凄まじい機敏さでエリーゼを追跡していく。

その場には、ずっと物静かに黙っていた、のけものだけが取り残された。


二人の背を見送り――手近な物陰へと、のけものは駆け込む。

周囲に一目がないことを確認すると、一仕事終えたように額をこする。

体長の半分を占める頭部へと手を掛け、それを取り外した。

「――ぷふうっ！　な、何とか第一関門はクリアしましたぁ……！」

蒸し暑い空気から解放されたオリビアが、汗を滴らせながら独り言ちる。

そう、これこそが『マジでＬＯＶＥする仲直り作戦』の初動であった。

架空の任務、架空の指名手配犯、そして指名手配犯の元恋人。すべて嘘だ。

それらをでっち上げ、二人を誘いこむ口実にしたのだ――この遊園地デートへと。

東西平和の懸かった任務ならアルマは無視できない。

エリーゼも、破局した元恋人の存在に悩む女性……という己と似たような境遇の人物から助けを乞われたら、シンパシーを抱いて親身になってくれるに違いない。

と、夫婦の心理を利用した作戦は、遊園地に誘い出すまではうまくいっていた。

……受付前での殺気の応酬など、肝を冷やした場面はいくつかあったが。

「出会い頭から殺し合いが始まりそうで大いに焦りました……でも、流石は士官学校を首席で卒業した私、完璧なフォローでした。えへん！」

得意げに胸を張るオリビア。

協力者であるところのロキ——もといロッキーも、オリビアが両手を掲げた合図に従って、夫婦にわざと姿を見せつけたうえで遊園地に入ってもらった。

ロキが指示通りにパーク内を回れば、彼を追う夫婦も自然とアトラクションを巡りつつデートができる寸法だ。

懸念があったとすれば、いざ対面した時点で二人が問答無用で立ち去ってしまうことだったが、幸いにもそうはならなかった。

それだけ彼らが己の信条に誠実なのだろうが、想いが強すぎるがゆえに衝突も起こる。

入場前のやり取りからも明白だ、きちんとフォローしなくてはならない。

ともあれ、自信家のオリビアは不敵に微笑んだ。

「さてさて、私もこの姿なら怪しまれませんし、ハインケル君の補佐に回りますか。あの二人をいい雰囲気にしたら作戦は成功……うーん正味、幸先は不安ですが、私なら何とでもできるでしょう！」

「あー、見つけたー！　軍人さん。そろそろ着ぐるみ返してくれない⁉」

物陰に身を潜めるオリビアを指差し、叫んだのは遊園地のキャストである女性だ。

彼女は、着ぐるみの元々の持ち主だった。少し前、作戦協力の名目で拝借していた。

着ぐるみの内側にはマスコットや遊園地の設定などのカンペが貼られ、素人のオリビアでもなりすましに難儀しない。実に優れたカモフラージュだ。手放すには惜しい。

「すみません、まだ作戦中ですので。いましばらくお借りします！」

「えぇ……」

「協力によって立場が悪くなるようでしたら、西方軍司令官のホワイトという将校にご連絡ください。全責任をもって力になってくれるはずです！」

言うが早いか、着ぐるみの頭部を被り直したオリビアが夫婦のあとを追う。

蒸し風呂のように汗が溢れる着ぐるみ内の環境には辟易しながら——

一方、オリビアがパークに入場した頃。

実は、人混みに紛れながら夫婦を観察していた人間はオリビアだけではなかった。とある五人組が《ナカナオリパーク》の受付前に姿を現す。

「様子見する限り、本当に間違いなさそうね……理由はわからないけれど、ストレン夫婦から護衛が外れているわ。これは、またとない襲撃のチャンスよ！」

威勢よく拳を握るのは——『灰の部隊』の隊長、ルミだ。

彼女の他にも、相棒のマロゥが傍らに立ち、さらに背後には三名の同志も控えていた。

ルミたち全員が、市民として自然に溶け込める風体をしている。

有事に備え、拳銃や刃物を服の内側に隠してはいるが、必要最低限の武装だけだ。今回の目的は暗殺なので、悪目立ちを避けるためにも過度な装備は持ち込んでいない。

そう、ストレン夫婦の暗殺――今ここで、それを実現させる。

夫婦に奇襲を仕掛ける絶好のタイミングを、ルミたちは虎視眈々と待っていたのだ。

「ふふ、根気強く街に潜伏していた甲斐があったわ。片時もそばを離れない護衛が厄介だったのに、ここへ来て夫婦だけで行動するなんて、願ってもない好機だわ」

などと、不穏な笑みを浮かべるルミだったが。

「それにしても、なぜ急に護衛が消えたのかしら。私たちが何日も尻尾を出さないから、暗殺の脅威は去ったと判断されて、解任されてしまったとか……？」

疑念を口にすると、賢しげな雰囲気を醸してマロゥが言う。

「いいや、ルミ殿。吾輩たちを捕らえた後ならいざ知らず、確たる安心材料もなく護衛を外すほど、相手も迂闊ではあるまい」

「……そうね。脳筋のマロゥにしては理知的な意見だわ。普段はロクに話聞かないのに」

「おいおい。ルミ殿、急におだてないでくれ。照れるだろう」

「発言に込めた皮肉を丸ごと無視しないでくれる？」

「皮肉？　まだ鍛えたことがないな。それは一体どこの部位だ？」

「筋肉のことじゃないわよ。己の身体に新たな鍛錬の余地を見出したみたいに瞳を輝かせないで！」

相変わらず人の話を聞いていないマロゥを、怒鳴りつけるルミ。

そのとき、ルミとマロゥを横目に眺めていた同志が、気まずい表情で言う。

「……あの、隊長殿。標的を見失いました……追跡の指示を、お早く」

「えぇっ⁉　――こ、こんなことしている場合じゃないわ⁉　行くわよー！」

慌てて号令をかけたルミは、少数精鋭を率いてパーク内へと踏み込む。

ここからが本格的な暗殺の始まりだ。呑気に遊園地を満喫すると思われるストレン夫婦の隙を突き、無警戒なところを確実に仕留めてやる――と気を引き締めたのだった。

◇

遊園地に入り――早くも訪れた作戦のピンチに、ロキは内心で焦っていた。

（あ、あの二人、良い雰囲気になるどころじゃねえンだけど⁉）

冷や汗を流して後方を一瞥するロキは、そこにいる夫婦が恐ろしくて仕方がなかった。

一般客のフリをするロキを、夫婦はただ単に追ってくるだけではない。

周囲の人目を盗み、無音の攻防戦を繰り広げているのだ。

「――」

「っ……！」

アルマが指先で小銭を弾き、移動の勢いを緩めないまま、遊園地の露店で鶏肉の串焼きを購入する。流れるような支払いで、店主は串焼きが三本売れたことにも気づかない。

露店を通り過ぎ、串焼きを右手に下げると、前方へと狙いを定めて全力で投擲した。

神業的なコントロールで串焼きが人垣を潜り抜け、前を行くエリーゼに飛来する。

だが、攻撃は直前で察知されてしまう。彼女は半歩下がることで回避した。

エリーゼの目と鼻の先――串焼きが石造りの壁面に突き刺さる。

背後をギッと睨み、攻守逆転とばかりに串焼きを壁面から引き抜いたエリーゼが姿勢を落とすと、人混みへと紛れた。

どこから現れても対応できるよう左右へ顔を振るアルマ。

次の瞬間、人混みを回り込んだエリーゼが、背後の死角から躍り出てくる。彼女はもぐもぐと口元を動かしながら、鶏肉の消失した三本の串を腰だめに構えて突き出した。

一方で殺気に反応したアルマは、足元に捨てられていた空き缶を宙に蹴り上げる。掴み取ると、それを盾代わりに背中を刺突されるのを防いだ。

空き缶を串が突き破り、アルマの指の隙間を縫って飛び出してくる。それに怯むことなく、アルマは手首を捻り、刺さった串ごと空き缶を力任せに引き寄せた。

攻撃を防がれたと見るや否や、エリーゼは串を手放し、再び距離を取る。

逃がすまいと、アルマは軌道を測り、手中にある串刺し状態の空き缶を——投擲。

が、エリーゼには華麗な体捌きで避けられてしまう。空き缶は宙を駆け、直線上にあったダストボックスの小さな投入口へと精密に叩き込まれると、その役目を終えた。

息つく暇なく、エリーゼは人だかりを壁として使い、アルマが追撃できないよう巧妙に立ち回った。腕ずくに取り押さえたいアルマは、接近戦に持ち込めず舌打ちする。

「…………………」

この場にいる誰もが知覚していない夫婦の戦闘に、ロキだけが気付いている。

平穏な遊園地で殺意の応酬に及ぶはずがない。初めはロキ自身もそう信じた。が、パーク内のアトラクションを巡るうちに現実を認めざるを得なかった。

こんな戦いが、パークに入場してからずっと続けられている。

すっかりロキも顔を青くしていた。巻き込まれては命がいくつあっても足りない。

だが、夫婦の目的はロキ……ロッキーという自身が扮する指名手配犯ときた。

どう足掻いても騒動の中心になってしまう。逃げ場などない。

（つーか、作戦の本筋じゃあ、凶悪な密入国者を夫婦が協力して追い詰めるって話だったろうに。見込みが甘かったんだ。夫婦の不仲ぶりを見誤った……！）

元より作戦が破綻していたことを理解し、ロキが胸中で悪態をつく。

本来の作戦では、アルマとエリーゼが互いに持ち合わせる情報を照らし合い、『フェデン国軍の任務』と『指名手配犯の元恋人である女性の頼み』、どちらも達成できるように意見をすり合わせて協力することが前提に構成されている……だが。

作戦を立案した連中も、実行に移した自分たちも、とんだ見当違いをしていた。

――離婚を掲げたストレン夫婦は協力などしない。話し合いもしない上、対立するとなれば手心を加えず徹底して相手を否定する。ロキは胸に畏怖を刻んだ。

これは仲違いではない。

二人の英雄が掲げる正義と信念の押し付け合い――それこそが離婚問題の本質。

愛だの情だのに訴えかけて、ヨリを戻せるはずもなかったのだ。

「ともかく、このままじゃ俺の身が危ない……早く何とかしないと」

アルマとエリーゼの拮抗状態がいつまで保つかもわからない。

作戦成功というゴールがないことに気付いた以上、夫婦にネタ晴らしするか？

（……悪手かなア。現場にいない作戦立案者たちが恐らく納得しない。俺の独断が原因で失敗したって責任を押し付けられたら最悪……こちとらアウェイで信頼ないし）

早々に却下し、一人では埒が明かないとロキは冷や汗を拭う。

どうにか夫婦の追跡を振り切り、指名手配犯として捕まることだけは避けなければ。

そのためにも——……ロキは手近に発見したレストランへと転がり込んだ。

「……チッ！」

ロッキーがレストランに入店する光景を見てとり、アルマが舌打ちする。

あのまま続けざまにエリーゼが乗り込めば、奴（やつ）は逃げ場を失い、いよいよ身柄を押さえられてしまう。まだ犯人が共犯者と合流していないというのに……。

これでは任務が果たせない。どんな手を使ってでも、エリーゼを止める必要がある。

アルマはベルトに挟んでいる拳銃に意識を向けた。いざとなれば、それを引き抜ける用意をしておく。加えて、今度こそ彼女自身を狙い、引き金を絞る心の準備も——。

だが、まだ銃を使うと決まったわけではない。

前方をひた走るエリーゼがレストランの扉に触れるまで、あと十歩は必要だろう。アルマの脚力をもってすれば四歩で距離を縮められる。

レストランに入店される前に彼女の身体（からだ）を掴（つか）んでしまえば、アルマは決して逃がしはしない。単純な力比べならこちらが上なのだ。取り押さえるくらい造作もない。

つまり、まだ穏便に済ませられる、とアルマは強烈な一歩を踏み込もうとした——

「……っ！」

それと同時に、ふっと視界を覆い尽くす影。

空から何かが降ってくる——と思った直後には、アルマは凄まじい質量に圧し潰されていた。

直後、一部始終を目撃したと思わしき、女性の甲高い悲鳴が響く。

「きゃあああああああああ!?　人が、人がぁ……!?」

混乱は周囲へと伝播し、遅れて状況を把握し始めた人々が口々に喋り出す。

「何だ……何が起こった?」「観覧車のゴンドラだ、あれが落ちたんだ!」「ゴンドラに人は……無人みたいだな。よかった」「いいや、人が潰されるのを見たぞ!」「危ねぇなあ。老朽化してんのか、この遊園地」「ゴンドラが落ちたって、おかしくないか。自然に落ちたにしては、元の位置から離れすぎだろう」「……な、なあさっき、観覧車の上に野獣みてーな女が立ってて、ゴンドラをもぎ取って投げ飛ばしたのが見えなかったか?」「なにを言っているんだ。大丈夫か?」「ほ、本当だって!　顔はよく見えなくて、筋骨隆々だったけど……胸があったし、人間の女に見えた!」「おい!　ゴンドラをどけるのを手伝ってくれ。一人、男が下敷きになっている!」「他に怪我人はいないようだ!」

烏合の衆だった人々は、落下するゴンドラの直撃を受けた不幸な男を救出すべく、やがて力を合わせ始めた。

大勢の大人たちがゴンドラを囲み、力いっぱい持ち上げる。だが推定するに、ゴンドラを囲む大人全員の体重を合わせても、まだゴンドラのほうが重いだろう。

そう簡単には持ち上がらない――……かと思いきや、驚くほどすんなりとゴンドラが持ち上がり、力んでいた全員が目を丸くする。

そのうち明白な異変に気付いた。

大人たちの身長も超すほど高く、ゴンドラが持ち上げられていく。

そのゴンドラの下敷きにされていた、たった一人の男の腕力によって。

「くっ……何てことだ。服が汚れた、頭も痛い」

大人たち総出でも地面から浮かせられなかったゴンドラを、まるで紙風船でも扱うかのように軽々しく持ち上げるアルマに……周囲の人々は、ぽかーんと顎を落とした。

それから、冷静に周囲を見回し、アルマが言う。

「皆さん。怪我はありませんか？」

「「「いやアンタの方こそ!?」」」

アルマの救助に励んでいた大人たちが、たまらず叫んだ。

「幸い命に別状はありません。ええと、わけあって身体が丈夫なので」

変装用の伊達眼鏡をクイッと押し上げ、服の汚れを払う――必然的に、片手だけでゴンドラを支えつつ、アルマは通行の邪魔にならない通路脇まで運んだ。

全身無傷なことも含め、眼前の光景が信じられず、周囲の人々は絶句している。

野次馬が冷静さを取り戻す前に、退散してしまうほうがよさそうだ……と、アルマは、

「申し訳ない。先を急ぐので、遊園地のスタッフを呼んで注意喚起を。危ないから破片には触らないように。他のゴンドラも落ちてこないか頭上には気を付けて！」

それだけ言い残し、改めてレストランへと駆け出す。

エリーゼを入店前に止めるのは間に合わなかった。落下したゴンドラが直撃する事故にさえ遭わなければ……と己の不幸を呪わずにはいられない。

それでも、任務失敗だと決めつけるのは早い。

アルマは羽織っていた上着を脱ぐ。一方で引き抜いた拳銃を右手に握ると、上着を覆い被せて隠した。多少不審に見られても、上着の下で銃を構えているとは誰も思うまい。

ロッキーと接触される前に、エリーゼを止めれば、まだ取り返しがつく。

微かな緊迫感を頬に張り付け、アルマはレストランの扉を押し開いた。


「——あ、あの男……ゴンドラが直撃したのに、どうして死なないのよ!?」

人混みに紛れていたルミが思わず叫ぶ。即死級の衝撃でなぜ、ほぼ無傷なのか。

今しがた目の前で起こった、観覧車のゴンドラが落下した事故——否、あれは事故などではない。アルマを暗殺するべく、ルミたちが手を下したのだ。

地上のアルマへと狙いを定め、ゴンドラを落とした張本人であるマロゥも、

「で、あるな……いかに屈強なフェデン兵といえども、今のがまともに当たれば、ひとたまりもないはずだが……」

ルミの隣で、一緒に頬を引き攣らせていた。

マロゥ自身——実は元フェデン国軍の所属であり、軍部の『施術』を受けた強化兵である。そんな彼女であっても絶命する、あのゴンドラはそれだけの威力を有していた。

だというのに、なぜアルマは全身無傷で済んだのか。それは彼が、フェデン国軍の強化兵という枠組みのなかでも、比類なき最強の兵士であるからだ。

フェデン国軍の『施術』には適性がある。身体機能が強化される程度には個人差が生じるものだ。アルマはそれが特別に優れていたのだろう、とマロゥは思う。

それはさておき。

「……ルミ殿、吾輩、ずっと気になっていたのだが、英雄夫婦の様子が妙ではないか？」

「……そうよね。見ていた限り、常に喧嘩していたわね。殺気も絡んでいた」

「かの夫婦は円満だと評判ではなかったか。不仲という噂も聞いたためしがない」

「ええ。でも、私たちの見たものが真実で、ストレン夫婦が仲違いしているとしたら——

……マロゥ、あなたも私も、かつては東西戦争の前線に出ていたわよね」

「うむ。当時は吾輩もフェデン国軍の一兵卒だった。ルミ殿はウェギス兵だったな。突然

どうした？」

「じゃあ、東西戦争で最も苛烈な戦場がどこだったか、憶えている？」

「最も、か。ひとつには絞れないな。だが、あえて言うなら」

「……」

「両国の最高戦力であるアルマとエリーゼが、敵として相まみえた戦場は、ことごとく苛烈だったのである。……むむ？」

　返答したマロゥが、最後に眉根を寄せる。己の発言に違和感を覚えたように。

　その反応に、ルミは我が意を得たりと深く頷いた。

「気が付いた？　私たちは、東西戦争で猛威を振るった、あの二人の本気の戦いを目の当たりにしている。今日この場で見た夫婦の争いなんて、当時と比べれば可愛いものだわ」

「うぅむ……つまり？」

「多分、夫婦は周りに被害を出さないよう、まだ理性を働かせている。それが取り払われたら大変よ。きっと暗殺どころじゃない。歴史に名も残せなかった一兵士の私たちが、正面切って英雄に勝てるはずがないもの。そもそも、だからこそ奇襲しているわけだし」

「じゃあ、もしも夫婦が本気で争い始めたら、どうするのだ？」

　尋ねるマロゥに、ルミは即答した。

「私だけでも全力で逃げ……いえ、戦略的撤退を指示するわ！」

「潔いな、ルミ殿……。吾輩は是非、英雄と手合わせ願いたいのだが」

「おバカ。象の争いに、私たちみたいなアリンコの入り込む余地なんてないのよ！」

ぶるり、と身震いするルミを、マロゥは半眼で眺めた。

軟弱者だと揶揄するような相棒の視線に、ルミはせめてもの抗議を物申す。

「なによ、そんな目で見なくてもいいじゃない。色々言ったけど……戦う時にはきちんと戦うわよ。ただ私は、無謀な戦いだけは御免だわ。死にたくないもの」

唇を尖らせるルミは、それが保身的な思考であることを、暗に認めていた。

それから気を取り直して、マロゥと三人の同志を流し見た。

「さあ、レストランに入った夫婦を追うわよ。丁度いい場所だし、二人が本格的に争い始める前に今度こそ暗殺を成功させる……私の『能力』で、夫婦を毒殺してみせるわ」

不敵に笑うルミは、底知れぬ自信が満ち溢れていたのだった。

◇

時は少し戻り──。

ロッキーの後を追い、今まさに、エリーゼはレストランに入店しようとしていた。

背後からはアルマが迫っていたが、直後に凄まじい轟音が響き渡り、一瞬で彼の姿が見えなくなる。その代わり、彼がいた場所に観覧車のゴンドラが忽然と出現していた。

（……事故？　落ちてきたゴンドラに潰された……？）

エリーゼは立ち止まり、まじまじと観察する。

もし事故に巻き込まれた市民がいるのなら、介抱に向かわなくてはならない。

そんな使命感が胸中を占めたが、ややあって周囲の人々の声が、ここまで届く。

——おい！　ゴンドラをどけるのを手伝ってくれ。一人、男が下敷きになっている！

——他に怪我人はいないようだ！

巻き込まれたのはアルマ一人だと確認したエリーゼは、颯爽と踵を返し、レストランに入店した。

すぐに笑顔のウェイトレスが声を掛けてくる。

「いらっしゃいませぇ」

「——すみません。今さっき、ここに陳腐な口髭の男が来なかったかしら？」

「え？　え、はぃい……？」

「髪色が明るくて派手で、ヘアピンを付けていて、背が高い男よ」

「そ、その方でしたらぁ……腹痛で死にそうだって、お手洗いに行かれましたけどぉ」

間延びした口調のウェイトレスが、おどおどと狼狽しながら答えた。

「そう。……どうもありがとう」

前髪が流れてエリーゼの目元に翳が生まれる。深紅の瞳が妖しげに光っていた。

紳士用トイレに足先を向け――……そして、おもむろに立ち止まった。

「そのまま動くな」

彼女の真後ろに立っていたアルマが冷淡に告げる。

エリーゼの背中の中心に、拳銃の銃口を押し付け、凶器の存在を知らしめていた。

……あらかじめ上着で隠した上で銃を構えておいて正解だった。おかげで滞りなく彼女を制止させることができた。

ただ、拳銃だけでは超回復の特異体質を持つ彼女には、脅しとして不十分だ。だから、彼女の命ではなく、人質代わりに別の物を利用する。

「治癒能力で傷も残らないだろうが、服についた血液はなかなか落ちないぞ。お気に入りの衣装を汚されるのは嫌だろう？」

「……っ、卑劣よ！」

顎を持ち上げたエリーゼが背後に視線を投じ、アルマを罵る。

だが、涼しい顔で罵倒を聞き流した。

「ふん。何とでも言うがいい。さあ、大人しくしてもらおうか」

「私は――……今さら我が身可愛さで、退いたりなんてしないわ！」

「強がりを言うな。冷や汗が出ているぞ。よほど服を汚されたくないと見える」

「この仕打ち忘れないわよ……あなたが大切に手入れしている愛用の手袋、無事で済むと思わないことね」

「おい、僕の手袋に何をするつもりだ。卑劣な真似(まね)は許さんぞ！」

「あなたにだけは言われたくないわ！」

二人の言い合いが白熱する……そのとき。

「あの、後ろにお客様がつかえていますので、お席にご案内させてくださぁい！」

精一杯に声を振り絞り、ウェイトレスが必死に呼びかけた。

健気(けなげ)な姿勢に二人も毒気を抜かれ、渋々ながら案内に応じたのだった。

アルマとエリーゼの二人は、案内されたテーブル席で対面に腰かけた。

テーブル下の死角で、アルマは相変わらず銃口を彼女に向けている。

お手洗いの出入り口が目に入る座席で、ロッキーの姿を見過ごさないように注意を払う。

注文を尋ねてきたウェイトレスにはコーヒーと紅茶だけ頼んだ。やがて運ばれてきた湯気を上げる二つのカップが、それぞれの手前に置かれる。

会話のない二人の不穏な空気が伝わっているのか、ウェイトレスは早口で「ご注文は以上でよろしいでしょうかぁ。ごゆっくりどうぞ」とそそくさと去っていった。

それから、カップに視線を落としたアルマが、ぴくりと眉を持ち上げる。

注文したコーヒーと紅茶の配膳が逆だった。

アルマの頼んだコーヒーが遠くにあり、彼女の紅茶が己の眼前にある。

「……入れ替えるわ。早とちりして撃ったら、あなたの眼球も左右入れ替えるわよ」

「絶妙にわかりづらいビフォーアフターを僕で体現しようとするな。どんな脅しだ」

文句を言いつつも、アルマは冷静だ。

つい慌てて発砲したりなど情けないミスはしない。

腰を浮かせたエリーゼが、紅茶のソーサーをつまんで手前まで引き寄せる。

その後、今度はコーヒーを、アルマの手前へと――。

「味わうがいいわ。熱々のコーヒーをね」

「置き方が雑っ⁉」

カップを置いた直後、跳ねたコーヒーの滴がアルマの頰(ほお)を火傷(やけど)させる。

全身が強張(こわば)り、危うく拳銃のトリガーを引いてしまうところだ。

「後先考えないバカか。あぁバカだったな！　危ないだろう！」

「この場で誰よりも危ない人から言われたくはないわ。あなたと違って、私の武器はコーヒーだけなのよ。どこが危険だというの？」

「その人間性だよ。あと、僕の注文を武器として扱うんじゃない。そら見ろ、服にまでコーヒーが跳ねている……！」

アルマの私服の袖口、それから襟元に、黒いシミができていた。

額に青筋を立てるアルマだったが、どうにもならず、憤懣やるかたないと嘆息する。

「まったく、忘れたのか……これはきみと結婚したばかりの時に、二人で選んだ服だぞ」

「――……」

その言葉にエリーゼが目を丸くする。純粋な驚きに染められていた。

まさか、アルマの口からそんな言葉が出てくるとは思わなかったのだ。

とっくに忘れられているとさえ思っていた。――エリーゼ自身は憶えていたが。

だが、時間を置いて、その表情も澄ましたものに変わっていく。

「だったら、何だって言うのよ」

「……だったらって」

言い返そうとしたアルマは、それから――真面目な表情で押し黙った。

その先に続く言葉が、どうにも自分の中から、見つけられなかったのだ。

今にして思えば、さっきの己の台詞はまるで、妻との新婚生活に未練を抱えているようではないか。改めて、本当にそうなのかと自問自答してみる。

「……いや。何でもない」

そうだ。未練など何もない。

だからこそ、言葉の先も出てこなかったのだ。それこそ望み通りではないか。

離婚を望んでいることだけは、二人は考えを一致させている。

それ以外は、価値基準が相容れない人間なのだ。

噴水広場での一件で、それを思い知った以上、離婚するしかない。

そこまで思案して、アルマは数秒間、静止した。

……気付きがあった。

記憶を洗い直し、やはり間違いないと確かめる。紅茶を飲む彼女に尋ねた。

「エリーゼ。どうして、きみは他人の事情に執着するんだ？」

「――は？　突然なにかしら」

エリーゼが剣呑に切り返す。

わかり合えないこと自体がわかり切っている相手と、したい話題ではないのだろう。

そもそもアルマと話したいことなど皆無だ、という前提は置いておいて。

気が立っている彼女をなだめるような口調で、アルマは断りを入れる。

「違うんだ。きみの主義を否定するつもりは……ないとも言いきれないが。後々で……僕なりの主義を貫く以上、やはり否定することになるかもしれない……ただ」

「いつになく煮え切らないわね。はっきり言いなさい」

「……ああ、そうだな。僕は今まで一度も、なぜきみが『人助け』に固執するのかを聞いたことがないんだ」

「…………」

「人助けが好きなことは知っている。いつだったかきみが昔、単なる趣味と語ってくれた覚えもある。特別な理由がなくとも、人とは道徳心や良心に従って人助けをするものだ。優しい心の持ち主であるほどに。だから、きみもそうだろうと受け入れていた」

「……そう」

「でも、本当にそうなのか？　人並みに育まれた道徳心や良心だけで、きみほど意志を強く持って他人を救おうと思えるものなのか。考えるほど、僕にはそうは思えない」

「ずいぶんと自信があるのね。根拠はなに？」

「僕ときみが英雄であることだ。僕たちは決して、人の命から目を背けなかった」

「……」

「東西戦争の頃、きみは傷つき倒れる人々を見捨てず、助けてきた。それは、そこが戦場という、命がいつ失われても不思議ではない極限の過酷さだったからだと、そう僕は思っていた。けど、あの日の噴水広場でのきみに――かつてと同じ気迫を感じた。誰も命の危機に瀕してなどいない、あの状況で、そこまで必死になる理由があるはずだ」

「……そんなこと、どうして今になって聞くのよ。あなたにも譲れない主義があって、それは私と相容れないのよ。だから話し合いも無駄……相手のことを知る必要もない、あなたなら、そう言うんじゃないの？」

「……それは」

アルマは言葉に詰まる。

思ってしまった。エリーゼの言う通りだと。

そもそも、普段のアルマなら、彼女の『人助け』の根源を尋ねたりもしなかった。

仮に聞けたところで、アルマが己の主義を曲げることはないのだ。

これが正しいと、己の経験によって裏打ちされた真理なら、すでにあるから。

その真理を誰にも認められなくとも、自分だけが信じ続ければ、それでいい。

（……エリーゼが、どんな経験を経て得た解答だろうと、彼女の主義を認めるわけにはいかない。短絡的な判断では、真に人々は救えない）

目先の人々から救っていき、感謝と喜びを一身に受けた、その果てに――。

すべてを無に帰すような酷い現実が、先々には待ち構えている可能性があるのだ。

それこそが、アルマの経験なのだから。

「それは……」

続けて。

「そうだが――」

「？」

エリーゼが首を傾げる。

アルマとしても、なぜ己が素直に頷かないか、まるでわからなかった。

無駄なことはしない、エリーゼが汲んだアルマの人物像は、まさにその通りだ。

己の主義が絶対だと信じているから、それ以外のことに構う必要はない。

（……本当に？）

己の声で、疑いを向けられた。

それきり、二度と声はしない。

ただ、誰かに嘘をついたかのような後ろめたさが、じっとりと胸にへばりついた。

「僕たちは——……これでいいのか、本当に？」

口をついて出た言葉が、それだった。

ついさっき、アルマの胸中に湧いて出た、言葉にできない疑惑。

その疑惑こそが、アルマらしからぬ行動をさせていた元凶であった。

疑惑の正体、それは——互いの理想を実現するために、真に最善の方法が、まだ残されているのではないかというものだ。

アルマは気づきかけている。

ただ、全容を知るには、取っ掛かりが不足していた。

その取っ掛かりを得るべく、先ほどのアルマは直感に突き動かされ、エリーゼに質問を投げかけていたのだ。

アルマが己に、エリーゼに見出したピースをはめ込めば、そのときこそ——疑惑の解答が得られるはずだ。

もっとも、今のストレン夫婦ではそれも難しい。互いに互いを不要とみなし、決して理解し合えない者同士と信じてしまっている。

アルマの言葉を聞いて、エリーゼが険しい顔つきをしていた。

「それ、どういう発言？　あなたは、自分の正義を迷いなく信じているんじゃないの？」

「あ……ああ、そのつもりだ。さっきのは——間違いだ。忘れてくれ」

理性を介していない反射的な言葉だった。実際には熱くない鍋に触れ、考えるより先に「熱い！」と叫ぶような、そんな感覚に近い。

気の迷いは捨て、大局的な視点での人助けを貫くことが正しいのだと、己に念じる。

「本当に、迷いはないのよね？」

「——そうだ。僕は僕自身の主義が正しいと信じている」

「そう。とてもそんな顔には見えないけれど」

「え？」

アルマが驚きに目を見張る。

言葉の意味がわからなかった。

こちらを真っすぐに見据えるエリーゼは、今まで以上に厳しい眼差しをしている。

「いまのあなたに……信念を語る資格はないわ」

「どういう意味だ？」

「教えてあげる。英雄はね、迷わないのよ」

「……」

「あなたのことは大嫌い。大局を優先する主義も認めていないけど――昔の私は、そんなあなたに惚れていたのよね。本当、バカだわ」

「エリーゼ……？」

「表に出なさい」

「な、何だって？　おい待て。果し合いでもする気か？」

「違うわ。――ケホっ、んん……ちゃんと周りを見て」

頼りない咳払いを落としつつ、エリーゼが顎で指図する。

彼女の指示した方向へ視線を送ると、ロッキーがレストランを退店する姿が見えた。

危うく見逃すところだ。短時間とはいえ、アルマは任務のことを失念していた。エリーゼとの会話によほど神経を割いていたのか、軍人にあるまじき油断である。

一口も飲んでいないコーヒーを置き去りにして、アルマが立ち上がる。

「奴を見失うわけにはいかない。僕は任務を続ける、きみは……」

エリーゼのことだから我先にとロッキーを捕まえに向かうと思い、静観しておくように釘を刺しておこうとしたが……彼女の足取りは頼りなく、えらく緩慢な歩みだ。

「おい。大丈夫か？」

「平気よ。少し気分が悪いだけ。あなたと喋ったせいね」

「……きみに情けを向けた僕が間違いだった」

「もしくは、飲んだ紅茶に毒でも盛られていたのかしら」

「発想が豊かだな。そんなことあるわけがないだろう」

「決めたわ、犯人はあなたよ。でも残念ね。どんな毒も私には……う、ムリ」

「お手洗いに行け。そしてそのまま帰れ！」

上着を羽織り直し、拳銃を腰元に隠したアルマが先んじてレストランを出る。

彼を恨めしい目で見送り、口元を押さえながら足早にお手洗いへ駆け込むエリーゼ。

三分後。

胃の中を空にして、エリーゼがすっきりした表情で戻ってくる。

「……結局何だったのかしら」

不調の原因はわからなかったが、すこぶる元気な足取りでレストランを後にした。


「あ、あの女——致死量の五十倍の毒を飲ませたのに、それでも死なないの……!?」

レストランのテーブル席で、ルミが愕然と突っ伏した。

ちょうどその時、お手洗いのため席を離れていたマロゥが戻ってきた。

ルミの様子を見て察しつつも、同じテーブルを囲む三名の同志に尋ねた。

「『西の英雄』が持つ自然治癒力、どれほどであった。お前たち？」

「毒殺では決定力に欠けます。詰めが甘かったかと」

「『東の英雄』は、そもそも毒入りコーヒーを飲んでいません。詰めが甘いかと」

「前二人に言われてしまったので、私からは何も。ただ、詰めが甘かったかと」

「――それも言ってるわよ！　うわあああああ、私はダメな隊長なんだわ！」

「そう泣くな、ルミ殿。甘いものでも頼むか？」

「悠長か！　違うでしょ、詰めの甘い私が言うのもなんだけど、今後の方針を練り直すべきでしょう!?　それを甘いものって……詰めの甘い私をバカにしているの？」

「気にしているのだな、詰めが甘いと再三言われたこと……」

椅子に座りながら器用に地団太を踏むルミを、マロゥが生温かい目で見る。

それから、ルミは悔しげに呟いた。

「はぁ……絶対うまくいくと思ったのに。私の『転移』の能力で、誰にも気づかれずに毒物を飲み物に混入させる暗殺方法……！」

言いながら、ルミがテーブルの角砂糖に意識を向ける。

すると、角砂糖のひとつが青白く発光を始めた。やがてひと際強く輝くと、消失。

「……おっと」

マロゥが飲んでいたコーヒーの真上に——唐突に角砂糖が出現、カップに落ちた。

これこそがルミの能力。ある地点から別地点へ物を瞬間移動させる『転移』だ。

今の要領で、先ほどアルマとエリーゼのカップが配膳される直前、毒を盛っておいたのだが、結果は座席から眺めていた通りである。

意気消沈としていたルミは——やがて悟りを開いたような表情で呟く。

「……暗殺は、もう無理かもしれないわね」

「ルミ殿。それはどういう……？」

発言の真意を測りかね、マロゥが尋ねる。

ルミは眉を吊り上げた。

「ちまちま不意打ちを成功させたって、きちんと殺せなきゃ意味がないもの。だから、正面切っての総力戦に方針を切り替えるのよ。全兵力で一気に殺し切るわ」

「うむ……大胆な方針であるな。勝機はあるのか？」

「ええ。さっきの『西の英雄』の様子、見ていたでしょう？　毒殺できなかったけど、弱らせるくらいの効果はあったわ。あの調子で立て続けに攻めて、回復する隙を与えない戦略はきっと有効よ。だから、むしろ総力戦のほうが相手はやりづらいはずだわ」

「おぉ！　流石はルミ殿、そこまで考えているとは」

「象とアリンコみたいな力関係って構図は覆りようがないけどねー……でも、私たちは《灰の部隊》という運命共同体よ。一人一人は蟻でも、全員でなら像を捕食するライオンにだってなれる。英雄相手にも——必ず勝てるわ！」

「「「隊長殿……！」」」

「……そういうルミ殿は、猫かぶりであるがな……」

同志をその気にさせるのが巧いルミに、白い目を向けるマロゥ。

それから、ふと思い出す。

「そうだ、ルミ殿。ひとつ……面白い情報がある」

「なによ？」

「実はな、吾輩たちに協力したいという者から接触があった。——今さっきだ。この店の手洗い前の廊下でな」

「……へえ。詳しく聞かせなさい」

口端を持ち上げ、ルミは前のめりで傾聴の姿勢を取るのだった。

オリビアは双眼鏡を手に、遠くからレストラン内の様子を見守っていた。

「おやおや？」

異変に気が付き、前傾姿勢になって懸命に目を凝らす。

レストランを退店したのはロキだ。そして……注目すべきは彼の手元。

まだ店内にいるアルマたちには気づかれないよう、五指を折り曲げては伸ばして妙な形を表していた。それは事前に決めておいた符丁である。解読すると――……

「『プランしっぱい　もうだめ　たすけて』ですか。むう、仕方がありませんねっ」

作戦の是非を信じて疑わず、オリビアが自信満々に口で弧を描く。

作戦通りに進まなかったこと、それは織り込み済みである。何度でも立て直せばいい。

複数のプランを事前に用意しておいたオリビアに焦燥はなかった。

「まだまだ作戦は続きますよう。いざ披露しましょう、非常脱出プラン……！」

そうして、ぽてぽてと着ぐるみで走り出したオリビア。

ロキとすれ違うと、ごく自然にアルマとエリーゼの進路を塞ごうと動く。一度彼を見失ってもらわなくては、仲直り作戦を仕切り直せない。

ロキが逃げ切れるまで足止めすれば十分だ。役目を果たすべく一直線に駆ける。

……が。

身軽さとは程遠い格好（かっこう）のおかげで、足がもつれた。

「はわわああっ⁉」

「──む」

喫茶店から退店したばかりのアルマが、倒れ込んでくる着ぐるみに気が付いた。

避けることもできたが、着ぐるみが店の扉と激突してしまう軌道にいた。

そのため、咄嗟に体ごと割り込む。

「おっと」

常人ならいざ知らず、フェデン国軍の強化兵である己なら慣性のついた着ぐるみを難なく受け止められる自信があった。

数秒後、腕にのしかかった柔らかい感触を確かに支える。

予想外だったのは、そこからさらに──着ぐるみの中身まで飛び出てきたことだ。

「きゃん⁉」

「……うわっ⁉」

着ぐるみの頭部が吹き飛び、殻を破るナッツのようにオリビアが射出される。

体勢を崩したアルマは背中から倒れ込むが、それでも流石というべきか、少女の首元や肩を支え、自らが下敷きになることで怪我をしないように守っていた。

「──……オリビア。きみ、こんなところで何をしている……？」

「う、ううう……アルマ中佐ぁぁああ、ごめんなさいぃ……⁉」

失態を認めたオリビアが、じわっと目元に涙を溜めて平謝りする。

アルマとしては困惑させられる状況この上なかった。詳しく事情を聞き出したいところだが、いまの自分は妻帯者として非常に外聞の悪い姿だとハッと気づく。

まず、オリビアに触れている手が異様に湿っている。着ぐるみの中がよほど暑かったのか汗だくの彼女は――あろうことか上半身をスポーツブラのみで隠した露出度の高い姿であった。それでいて全身のほとんどをアルマと密着させている。

オリビアは泣きつくのに必死で、実りのある双丘が圧迫されて形を変えるほどの距離感に羞恥を覚える余裕もないと見える。

大人として、アルマは彼女を引っぺがすと、立ち上がれるよう手を貸した。

「別に怒ってはいない。それより服はあるのか、そのままでは冷える」

「ぐすっ……着ぐるみのなかに。暑くて脱いだのでぇ……」

アルマが促すと、ひんひん泣いたままオリビアがブラウスを取りに向かった。

少女の哀愁漂う後ろ姿を見送っていると、背後にゆらっと、ただならぬ気配。

「うわっ！　……エリーゼ、いたのか」

仏頂面のエリーゼが佇立していた。

レストランを出てくる前に見た顔色と比べて、ずいぶん血色がいい。体調はもう良くなったと見える。

そんな彼女は、目を凝らし、じっと遠くを眺めていた。

釣られて、アルマも同じ方角へと顔を向ける――すると。

「……ロキ？　ロキか……そうか」

樹木の陰から顔を覗かせ、こちらの様子を見ていた少年と、ばっちり視線があった。

頬に冷や汗を伝わせながら、ロキは飄々と歩み寄ってくる。

「い、いやぁ、偶然ですね……！　今日は監視と護衛の任務を外れて、ずっと別の任務をしていたんですよ！」

「そうか――それよりも」

ロキの襟元に、アルマは人差し指を向けた。

先ほどから食い入るように、エリーゼもそこを見つめている。

「よほど慌てたか？　……髭が服に張り付いているぞ、ロッキー・ハインケリィ」

「――あっ⁉」

青ざめたロキに、眼光を光らせたアルマがにじり寄る。

「まったく、ドジっ子め……オリビアともグルだな。諸々吐いてもらうぞ」

「そうね。ロッキーが今どこにいるのか、なぜ髭をむしり取ったのか、教えてもらうわ」

「全然わかってない⁉　えらく長考していると思ったらそれか！」

いまだ使命感が抜け切っていなかったエリーゼに、アルマは驚愕の声をあげた。

第三章　英雄夫婦の愛縁リスタート

ある一報が――フェデン全土の人々から関心を集めた。

その多くは好意的な感情、あるいは驚き、そして期待だ。

東西の平和な時代がいつまでも続くようにという、切実な希望。

この報道により、二大国の和平を左右する立場にいる者たちが――ついに一堂に会するのだと、沸き立つ気持ちは広大な国土の隅々にまで行き渡った。

国軍総帥ガルエデン、フェデン国に代表される彼と双璧をなす――ウェギス国の顔といって差し支えない人物。

ウェギス国女王陛下、シェニカ・クロード・スフォンの外遊が決定したのである。

◇

フェデン西方の外部から、ストレン夫婦も住まう都市ジョンポートに到達するためには、自動車では心もとない。都市と都市とのあいだで悪路が随所に待ち受けるからだ。

こういうところが国家の中枢である中央部に住まう者から、西方は田舎だと謗(そし)られる所以(ゆえん)でもある。

そんな西方と外部との往来で重宝される快適かつ迅速な移動手段、それが鉄道だ。

衝撃的な報道から数日後。よほど火急で段取りが組まれたのか、本日の正午に到着する汽車――ウェギスから国境を跨(また)いで運転される国際列車に、シェニカが乗車してくる。

ジョンポートの駅には市民が押し寄せ、西国を治める女王陛下を一目見ようと人垣を形成していた。その厚みは遥(はる)か先まで続いており、いまも着々と密度を高めている。

その対応に西方の憲兵や国軍兵士は手を焼いているようだったが、あと数分で現れる陛下の身の安全を保障することが、本来の任務だ。

線路脇で陛下の到着を待つアルマも、周囲への警戒を怠らない。

ただ、頭の片隅で、どうしても意識せざるを得ない懸案に悩まされていた。

「……なぜ彼女までも。身辺警護なら僕ひとりで十分だろうに」

この場にいてほしくはなかった人物を、鋭い眼光で睨(にら)む。

お互いを視界に収めながらも、両者の間に不可視の一線が敷かれているかのごとく距離を保ち、澄まし顔で佇立(ちょりつ)するのはエリーゼだ。

フェデン国軍に属していない彼女が、なぜ警護に参加しているのか。

それを彼女に命じたのが、じきに来訪するウェギス国女王陛下、その人であるからだ。

そも陛下の来訪は平和維持活動の一環とされ、終戦後の東西が安泰であることを国内外に広く知らしめようという意図がある。

そして陛下が公務を終えるまで、西方勤務のフェデン兵らが警護に当たる。そこへアルマとエリーゼは投入される運びになった。

それこそが、夫婦で揃ってここにいる理由である。

「浮かない顔だな、アルマ中佐。肩の力を抜いたらどうかね」

「……あなたほどうまくはできません、ガルエデン総帥」

フットワークの軽さに定評のある国家元首が、陛下の接遇のためフェデン中央から参上していた。陽気な柄物のシャツにラフなパンツという風体で、アルマも対面した際には己の目と相手の常識を疑った。脱力にも限度があんだろ、と思わなくもない。

アルマには真似できない所業だ。緩んでもいないネクタイを無性に締め直してしまう。

「はハ、わかりますよ中佐。あれだけ緊張感のない格好されちゃ、こっちは逆に身だしなみを気にしちゃいますよねえ？」

「いつも通り着崩しているハインケル君が言うことじゃないですよ、もう」

背後から忍び寄ってきたロキがへらへら笑い、隣に立つオリビアが窘める。

彼らは、ストレン夫婦の『監視官』として現場に参上していた。優先任務は相変わらず夫婦を『監視』兼『警護』することだ。陛下の警護任務に名を連ねてはいない。

となると、構造がやや複雑めいてくるだろう。『監視官』であるオリビアとロキが夫婦を警護し、その夫婦がウェギス国の女王陛下を警護するのだ――眉間を揉みたくなる。

陛下と総帥に最も近い位置に収まるのは、ストレン夫婦とオリビアとロキの四人となる。

何事もなく事が運べばいいと、アルマとしては願わずにはいられなかった。

『――――』

彼方から大気を震撼させ迫る鋼鉄の音。

見る見るうちにターミナルへ突入した汽車は徐々に減速し、猛烈な力強さを感じさせた車輪を落ち着かせていくと――……やがて完全に停止した。

横手に流れる風で前髪を弄ばれ、アルマは双眸を細める。

一拍置いて汽車の扉が開いた。

車両からまず姿を現したのは黒スーツに身を包んだ数名の女性たちだ。ウェギス国から陛下を警護してきたガードマンと見える。

線の細い彼女らは一見して頼りない。だが外見の印象だけで実力を疑う者がいるとすれば、それは西側の実態に疎い民間人か、東西戦争の経験がない兵士くらいだろう。

だがアルマは肌で鋭敏に感じ取った。彼女らが手練れである事実を。

(ウェギスの専売特許を鑑みれば……全員が能力者であるとさえ思える)

ガルエデンの背後で冷静に見定め、こちらも気を引き締める。

何かを気取ったのか、黒スーツの女性のひとりが急に視線をこちらへ向けた。

アルマの顔を数秒見つめ、それから――ふっと、微かだが相好を崩した。

(む……いかんな。気張り過ぎたか)

彼女からの一笑が、まるで今は敵ではないと諭すような歩み寄りに思えた。

アルマは内心で省みる。和平を結ぶ相手にあからさまな不信感をぶつけるなど、賢い行動ではない。真意がどうであれ、そう思われてしまっては同じことだ。

黒スーツのガードマンには浅く首肯で応じた。伝わったのかは判然としないが、彼女は再び表情を機械的に切り替える。それからアルマも任務に意識を集中させた。

と。

思考を遮るように眩い光が網膜を焼いた。

雲が流されたことで遮蔽物のなくなった陽光が降り注いできたのだ。

同時に、汽車の車両から歩み出てきて日だまりに降り立った、ひとりの少女。

白光を散らす純白の長髪、それを耳より高い位置で二房だけ左右に垂らしている。

頭頂部にあしらわれた印象的なミントグリーンのリボン、前髪を分けて惜しげもなく晒されたおでこ。

息を呑むほど端整な面立ちは、まだ齢十二である少女の無垢な幼さを醸す。

ドレスを飾り立てるフリルやリボンをふわりと揺らし、花柄のレースタイツに包まれて微かに肌色の透けた足で楚々と歩み出てくる。

そして、見る者を百年の恋に落とすような淑やかな笑顔を掲げた。

「ガルエデン総帥閣下。こうしてお出迎えくださり、心より感謝申し上げます」

「こちらこそ恐れ入る。どうぞ我が国での滞在を楽しんでくだされ」

「くすっ。ガルエデン総帥のお召し物のおかげで、早くも心躍っておりますわ」

上品に口元に手を添え、純白の少女は聞き心地のよい声色を紡ぐ。

挨拶を終えると、そこで視線を移して上目遣いにアルマを見上げた。

「……ア、アルマ様、お久しぶりですわね。ほ、本日はよろしくお願い致します」

「ええ、警護はお任せを。シェニカ陛下も一段と麗しくなられましたね」

「そ、そのようなお言葉………にひ、いへへっ、ありがたく頂戴しますわ……！」

途端に動きが強張り出したシェニカが、ぎこちなく笑った。

緊張がぶり返したのかとアルマもまた微笑ましく思う。その背後に控える黒スーツの女性らが、こぞってシェニカの言動を気が気じゃない様子で心配そうに見守っていた。

アルマとの挨拶を終えると――小鹿のように軽快な歩みでシェニカは、最後に視界に収めた人物に抱き着いた。

「エリーゼ様！　今日はよろしくお願いしますわ。久々にお会いできて嬉しいです！」

「……気にしないで。シェニカの頼みなら私はなんでも力になるから」

「何でも――……じゃあ」

耳元に唇を寄せ、シェニカは何事か囁いた。

途端、エリーゼの顔つきが雨嵐の前触れを示す空のごとく一気に曇る。

「無理」

「ああどうして!?」

「無理なものは無理。さては、公務に来た本当の目的はそれね……」

ひっつくシェニカを引きはがし、今度はエリーゼが冷ややかに見下す。

砕けたやり取りをする二人は、どこか仲睦まじい姉妹のようにも映った。

彼女とエリーゼが直接言葉を交えたのは、アルマと同じく結婚式が初めてのはずだ。

その割には、驚くほど親しそうである。女王陛下が相手だというのに――というよりは、シェニカのほうからぐいぐいとフレンドリーに接しているようだ。

和気あいあいと歓談するシェニカとエリーゼに、こほんと咳払いが落とされた。

「シェニカ陛下、あまり挨拶が長引くと公務に支障をきたしますぞ」

「あら……すみません、つい嬉しくて。では移動いたしましょう」

ガルエデンに諫められ、シェニカは恥ずかし気に苦笑する。

それから最後に、思い出すかのように「あ」と呟く。

「忘れていましたわ。あなたもお久しぶり、ロッシー」

「存在だけじゃなくて名前まで忘れられている⁉　俺です、ロキですよ！　俺にフェデンでの任務を命じたの、あなたなのに、ちょっ――陛下聞いてぇー⁉」

騒がしいロキを放って、シェニカはすたすた歩む。

そうしてターミナルを離れた一行は、ジョンポートの街へと繰り出した。


ひとつ――再確認しよう。

シェニカがフェデン国に訪れたのは、東西が平和的な関係にあると国内外に周知させる狙いがあってのことだ。だから、戦争の爪痕を残すフェデン西方を散策したことは復興視察という名目で納得がいくものだった――……が、しかし。

明らかにおかしいとアルマが察知し始めたのは、ガルエデンとシェニカがホテルでの昼食を終えた頃だ。給仕の人気が失せたタイミングで二人は意味深に目配せする。

「女王陛下、そろそろ十分でしょう。構いませぬ」

「そうですわね。ではまだ後ほど。吉報をお待ちくださいませ」

やり取りに隠された真意を見出せず、アルマが疑問符を浮かべる。

そのとき、少し前に部屋を退室していたロキとオリビアが揃って戻って来た。

各地へ配置された警備と連絡を取っていたのだろう。心配なげにオリビアが言う。

「警備は問題なく機能しています。不審な報告もありません！」

「――……では行きましょう。アルマ様」

「はい？」

「わたくしを、その……エスコートしてください!!」

内股をすり合わせ、胸に秘める想いを告白するかのようにシェニカが言い放った。

当惑するアルマ。助け舟を出したのはガルエデンだ。

「陛下はかねてより、きみら夫婦のファンなのだ。特にアルマ君、きみと話す機会がなかなか訪れずに拗ねていたのだよ」

「あああガルエデン総帥、言わないで、言わないでください……！」

ぱたぱたと跳ねて全身で言葉を遮ろうとするシェニカ。

純白のツーテールがぶぉんぶぉん揺れ、頬の赤みが一段と濃くなる。

女王陛下らしい高貴な佇まいとはかけ離れた様相に、アルマはふっと力を抜いた。

「では、公務の妨げにならない程度であれば、いくらでも」

「ほ……ほあぇ、は、ハォッ、本当!?」

「ええ。ただ僕は警護を、陛下は公務を優先ですよ」

「お、お任せください！　アルマ様はわたくしが守ります！」

「守るのは僕の役目です。落ち着いて」

取り乱すシェニカをアルマがなだめていると、横合いからガルエデンの声が掛かる。

「私は足腰が疲れてね、しばらく休ませてもらう。後で合流しよう。エリーゼ君、それからフォーチュン大尉には悪いが、ここにいてもらえるかね？」

「えっ。私は……」

「は、はいはーい。お任せください！　エリーゼさんもぜひ、この機会にガールズトークに花咲かせてみませんか。総帥がご休憩されている間だけでも！」

「ん………んん、そ、そこまで言うなら」

距離感の近いオリビアに、押され気味のエリーゼは最後には頷く。ああいう裏表のない態度で真正面から攻められると弱いのは相変わらずだと、アルマは眺めていた。

となると、残された面々は——

「はいはーい。それじゃあ俺と陛下、アルマ中佐の三人で行きましょうか。いざ赤面必至のランデブーに誘いますよお！　覚悟の準備はいいですね！」

「ハインケル君。陛下とアルマ中佐なら先ほど出ていかれましたよ？」

「あっ。あの、すみません陛下ー!?　俺のこともまた忘れてますよ。あと俺、ちゃんと中佐の護衛と監視しなきゃいけない立場なんですから、あのっ、ちょっとおおおお!?」

慌てて追いかけるロキ。そんな彼の絶叫から逃げるように急かすシェニカの、小さな手を引きながら——アルマは屋外へ出たのだった。

その後、たどり着いた先は、予想とは大きく違っていた。

——水族館である。文化的な歴史もなく、東西戦争の背景もない普通の展示施設。

一時的とはいえ接遇するのが総帥でなくなったうえに、場所もこれでは何のための公務なのかわからない。なのに、この状況を楽しむかのようにシェニカが微笑む。

「うふ。では入りましょうか？」

「……ここに来るのも公務の正式な流れなのか、それは教えていただけませんか」

「ええ、正直にお話ししますわ。もう隠す理由もありませんから。ただ」

少し言葉を溜めて、シェニカは袖を引く。

「中でも、構いませんこと？　立ち話をしていては周りのご迷惑ですわ」

「……いいでしょう」

思惑に乗せられている感覚をうっすらと覚えながらアルマが頷く。

その態度にシェニカは眉を下げ、申し訳なさそうにする。

それから気休めかもしれないが、人をいたずらに集めて施設に迷惑をかけないよう、先んじて売店で魚を模したニット帽を購入し、それを被ることにした。

「これでいいのか。いや、服だけはどうにもならないし、無理か……？　無理だな」

「平気ですわよ。館内は薄暗いですし、きっと騒ぎにはなりません」

常識と照らし合わせて無謀な決行ではあったが、これが意外となんとかなった。

水族館に来ているのだから水槽が人々の視線を集めるのは当然で、明らかに都合がいいとはいえ、アルマはどこか釈然としない。

「なぜだ……やはりフェデン国民の認識力は赤ん坊なのか……」

「ではアルマ様、ここからは私の本心をお話ししようと思いますわ」

と、真に迫る声色でシェニカが呟く。

彼女の頭に乗るウツボ型のニット帽の黒い瞳も、じっとこちらを向く。

空気の変容を敏感に悟ったアルマが、表情を引き締めて顎を引いた。

「今回の公務……平和活動をアピールすることが目的ではないのです。それは表向きの理由、ただの建て前でした」

「――……」

「私には今回、公務以前に成し遂げたい真の目的があったのです」

「真の目的……？」

「…………」

「アルマ様とエリーゼ様が、離婚を望んでいることは存じております」

「わたくしは――」

「離婚を阻止しようと、そうお考えなのですね」

言葉を先回りし、アルマが呟く。

思えば、ロキがお目付け役に派遣された時点で判明していたことではある。両国は夫婦の離婚を認めるわけにはいかないのだ。東西平和が瓦解するリスクを避けるために。

シェニカの意思に理解を示すことはできる。だが、それでもアルマは。

「すみません。シェニカ女王陛下……」

「駄目です、そんなの駄目！」

大仰な身振りをもって、シェニカは異議を訴える。

やはり国家の安寧にリスクが生まれることが許し難いのかと推し量るアルマだが——

「だって！　お二人が別れるだなんて、そんな、ロマンスへの裏切りですわ!!」

「…………ん？」

「ストレン夫婦の恋愛譚、どれも実話とは思い難いほど愛に溢れているんですわよ。互いを慕い、信頼し、最後には力を合わせてどんな困難も打ち破ってきたのですよね!?」

「……あの……」

「それを——……ハァ？　なんですの、離婚だなんて結末、読者を冒涜するにも程がありますわ!?　わたくしは、あなた様がた夫婦が好きだから、認めません決して！　わたくしと同じ気持ちのファンがなんて思うか、少しは想像なさってください!!」

「…………………………………………………………うーん……？」

なんか思っていたのと違う、とアルマは天を仰ぐ。

少し、いやだいぶ理解と遠かったため、直接尋ねることにした。

「もうちょっとこう……ないのですか。平和のためとか、民衆のためとか」

「それはそれ！　これはこれ！　ですわ!!」

「あっはい」

断言されてしまった。

こうなると、下手に平和うんぬんで説得されるよりも反論しづらい。

きゅっと唇を引き結ぶアルマに向け、さらにシェニカは畳みかける。

「今日だって、とても傷つきましたわ……。お二人が極度に不仲な状態に陥ってしまったと報告は受けていましたが、それにしても一言もお喋りにならないだなんて。わたくしはどこでアルエリ成分を摂取すればいいんですの……目の保養は!?」

「アルエリ成分ってなに？」

「ふぐっ、ひっく……うう、ううあ、うあああぁぁん!?」

「これそんな泣くこと？」

わんわん号泣し始めたシェニカを、どうしたものかとアルマは途方に暮れる。

切実なことだけは痛いほど伝わったが、そう簡単に復縁するわけにはいくまい。

と、そんなアルマの掌をシェニカが包み込む。

「ふにぃ、ぬぁじぇにゃのふかっ！」

「洟チーンしましょうか？」

「…………。も、申し訳ございません。わたくしったら、はしたない……！」

「お気になさらず」

アルマが差し出したちり紙を受け取り、洟をかむ。

完全に回っていなかった呂律をどうにか回復させ、シェニカが再び言った。

「……な、なぜなのですか。どうしてエリーゼさんと仲直りできないのですか。どうして離婚なんてしたいのですか！」

「……それは決まっています」

シェニカには理解が及ばないのだろう。

アルマとエリーゼとのあいだに生じた亀裂。大局を見て最大のリターンを得ることが行動指針であるアルマと、個人の事情に頭を突っ込んで短絡的に人助けをしていくエリーゼとでは、決して主義主張に折り合いを持たせることができない。

アルマは自らの生き方が正しいと信じている。

そして、エリーゼこそ道理に反していると、経験に裏打ちされている。

「僕はエリーゼの信念を認めるわけにはいかないのです。目についた手近な人間から助けていくようなやり方では――……救いが小さ過ぎる」

「どういうこと、ですの？」

「……後悔があるのです。エリーゼと出会う前の僕ならあるいは、彼女の言い分にも理解が示せたのかもしれない。彼女のように、困っている人の目の前に現れて、手を差し伸べるような人間を……そんな英雄を目指していた頃が僕にもあった」

空気を掴（つか）んだ手中に目線を落とし、アルマが感傷的に呟（つぶや）く。

シェニカは静かに、彼の寂しげな横顔を眺めた。

「戦地で共に戦った仲間たち、抗（あらが）う力を持たないまま争いに巻き込まれた無辜（むこ）の民。僕は彼らを救った――それが正しいと信じて。でも、それは一時しのぎに過ぎなかった」

「……」

「どれほど地道に人を救い続けても、大きな波乱の流れは変えられないのです。東西戦争で人が死に続けても戦争は続けられた。個人の意思はあまりに儚（はかな）く、国家の強大な思惑には逆らえない。一人ひとりを守るためには、それを蝕（むしば）む大本を叩（たた）かなくては意味がない」

「……」

「だから僕は東西平和を死守すると誓いました。この平和な世の中であれば、皆が安心して生きられる。でも、それは僕の戦いが終わったわけではない、僕は――平和を維持して多くの人命を救うために、大局的な利益を優先せねばならないのです」

「…………」

「シェニカ陛下？」

アルマが語り終えてからも、沈黙が長引いた。

不審に思って尋ねる。すると、シェニカは表情に当惑を浮かべていた。

「アルマ様の言うことは、わかりません」

「……そうですか」

やはり理解は示せないかと、小さく嘆息するアルマ。

だが。

「だって、お二人の信条が違うことで、どうして対立する必要があるの？」

純朴な口調で、シェニカが続けた言葉は意外なものだった。

アルマは虚を突かれ、彼女のミントグリーンの双眸を見つめ返す。

「どうしてって……当然のことではありませんか？　主張が真逆なのですから」

シェニカの困惑が伝播したように、アルマも眉を下方に傾ける。

なにもおかしなことはない。正義と信念が相容れないのだから衝突は必至だ。

そこに疑問を差し込む余地など――

「お二人が力を合わせれば、さらに大勢の人が救えます」

「――はい？」

「ですから……目先の一人ひとりを助けたいエリーゼ様と、大局を見て国家単位の人々を助けたいアルマ様。お二人ならば、できるのではありませんか——」

相好を崩し、赤らんだ頬でシェニカが言う。

手を伸ばせば届く距離にいる羨望の対象へ、心からの声援を。

「できるはずです——あなたたち夫婦にしかできません。誰ひとり救い漏らさない最高の英雄になることが」

「——……」

「今を生きる人々をエリーゼ様が救い、未来を生きる人々をアルマ様が救う。わたくしは本気で期待しています、だって、お二人は『平和の象徴』なのですから」

本気だと語るシェニカの表情は、まさしく真剣だった。

脳裏で何かがぐらりと揺らぐ。《ナカナオリパーク》での疑惑を、不意に思い出した。

アルマは口をつぐんでしまう。その言葉に胸を打たれてなどいない——はずだ。

そう……今更そんなことを言われたところで、心変わりなどできない。大体、シェニカの夢見る理想には現実味もない。それこそ——夢物語にしかならないのだ。

「お言葉ですが……僕とエリーゼが、そんな夫婦になることは不可能です」

俯きがちに返答した。

瞳を揺らし、シェニカから顔を背ける。

「――わたくしを見てくださいな、アルマ様」

アルマの掌（てのひら）を、上からシェニカが両手で包み込む。

年端もいかない瞳に、穏やかな陽光のような慈しみを向けられた。

そして。

「今から起こることは、わたくしたちだけの秘密ですよ？」

「……なにを」

真意を尋ねるよりも早く、アルマに異変が訪れる。

脳裏に『音』が響いた。鼓膜を揺るがす大気の振動ではない。

聴覚に頼らず、その『音』はアルマの脳内で『声』として伝わってくる。

『(……聞こえますか、アルマ様)』

「っ!?」

眼前のシェニカは確かに唇を動かしていない。だというのに、彼女の声が届いた。

驚愕（きょうがく）に目を見張るアルマ。

そんな彼を見眇（みすが）めて、シェニカはいたずらを成功させたように微笑（ほほえ）む。

『(わたくしにも能力があるのです。いわゆるテレパス、念話というものですわ)』

「…………」

『(これで何をするつもりなんだ、ですか。ええ、当然の疑問ですわね)』

「——……っ」

『(はい。聞こえていますわ、アルマ様の心の声も)』

繋いだ手からシェニカの体温が伝わってくる。とても熱く、柔らかい。

アルマの手袋越しに、彼女の握力がくっと強まった。

『(い、いかがわしい妄想はいけませんよ!?)』

「本題をお願いします」

どちらかといえば、妙に桃色の気配を漂わせていたのはシェニカのほうだ。

ともあれ、慣れない感覚のため、それが何を示唆しているのかは定かではない。

それより話を進めてほしいと、アルマは雑念もなく言葉にした。

『(……いいですわ。口で言っても、わかってはいただけないようでしたから)』

どうするつもりなのだろう、とアルマは表情を引き締める。

身構えたところで意味はないが、心構えくらいは整えておきたい。

『(乱暴はいたしませんわ。これは心と心の対話)』

シェニカの心地よい『声』に、不思議と警戒を解きほぐされる。

打算も悪意もなく、ただ純然たる慈悲に満ちているのだと沁みるのだ。

人肌の生温かさにも似た安心感が、胸に広がった。

『(ここでは想いを偽りようがありません。本音は本音でしかなく、虚言は虚言として伝達されますわ。お互いに包み隠すものがない、だからこそ)』

「……!」

『(わたくしを介して、どうかエリーゼ様を信じる根拠を見つけてください)』

シェニカの『声』が響くと同時、脳裏に閃きが弾ける。

その閃きは、シェニカから発せられる『何か』。言葉でも光景でもなく触感もない。

パチパチと火花のごとく弾ける伝達情報が、アルマの心と交じり合う。

瞬間、『何か』の正体を理解した。

それは――シェニカが関わりを持つなかで記憶に蓄積させた、人々の念だ。

老若男女、数多の人間の、感謝の念だ。

『(――エリーゼ様ありがとう。おかげで故郷に――死を覚悟したそのとき、俺を助けてくれたのはエリーゼ様だ――生きて妻のもとに戻れた。信じられない、ありがとう、エリーゼ様――感謝しかあるまいよ、孫を見るより早くくたばる覚悟だった。彼女が儂を生かした――エリーゼさま、好きよ、かっこいいもの――パパをセンソーでたすけてくれたんだって――戦地で敵対していたアタシも助けてくれたんだ、まだ助けられるって、それだけの理由でね――風船取るのを手伝ってくれたの、すてきな人よ、妹もいっぱい喜んでくれたもの――ありがとう、ありがとう――……どうかエリーゼ様も、幸せに)』

我に返ったアルマは、咄嗟にシェニカから離れて後退した。

「ッ……ハアっ、ハア……！　い、今のは⁉」

「エリーゼ様に救われた人々から伝え聞き、わたくしの心に残された想いです」

直接の声色でシェニカが言う。

「強い思いというのは、伝えた相手の心の内でいつまでも風化せず残るものです。彼らの声が、こうも鮮明にわたくしの心に残っているのも、それだけ彼らがエリーゼ様に強く恩義を感じているからなのですわ」

「――……」

「アルマ様、どうか忘れないで。エリーゼ様の主義に救われた人々は確かにいます。それはエリーゼ様の主義だけが正しいわけでも、アルマ様の主義が間違っているわけでもありません。わたくしが伝えたいのは――！」

「シェニカ女王」

掌を突き出したアルマは言葉を遮る。

これ以上は聞きたくないと、明白に訴えていた。

言いかけていた言葉を飲み込み、シェニカは悲しげに瞳を潤ませる。

「もう、十分だ。あなたが言いたいことは――きっと、わかった」

「えっ？」

「あとは僕が考える。考えるべきだと……そう感じました」

欠けていたピースが、今はめられた。

互いの理想を叶(かな)えるべく、真に最善の方法——夫婦で最高の英雄を目指すこと、その解答にアルマは間違いなく到達した。

「——……！」

シェニカの表情が希望一色に染まる。

ぱたぱたと足踏みし、それから胸元で掌(てのひら)を握り固めた。

「はい……はいっ！　わたくし、待っています。お二人が仲直りできるのを！」

「あの、離婚しないとは言っていませんが」

「うふ、あはっ……うふふっ、あははは！」

「聞いてえ？」

どこまで期待しているのか、子ウサギのように跳ねるシェニカ。

アルマが水を差しても、彼女の喜びは消える兆しを見せないのだった。

——その直後。

「アルマ中佐、シェニカ陛下――とうとう見つけましたよ！」

「え？　ロキ!?」

水族館の通路を小走りに移動し、眼前まで躍り出てきたのは――ロキだった。

そういえば、シェニカのエスコートのためホテルを出てから、彼とは合流せず仕舞いだった。すぐに追い付いてくると思って、遠慮なく進み過ぎたらしい。

「ロキ！　あなた、わたくしたちのデートの邪魔をしないで！」

「あの、シェニカ陛下……違いますよ？　それにしてもロキ、よくここがわかったな」

「行き先が水族館ってことだけは、事前に聞いていましたからね。想定外だったのは、最寄りにも他に二つ、水族館があったことです。おかげで余計に走りましたが……」

それから、額の汗を拭いながら、ロキが宣う。

「おっと、そうそう……火急の用を伝えに来ました。アルマ中佐たちの暗殺計画を企てた連中の正体が判明したのですが、デート中なら出直してきます」

「出直すな！　どう考えてもそっちの方が重要だろうが！」

「あぁアルマ様、せめてあと一時間！」

「シェニカ女王陛下！　駄目です、めっ！」

「……陛下のこういう面、見たくないなァ……」

ロキが哀れなものを見る眼差しで、アルマにしがみつくシェニカを眺めた。

◇

それから、アルマたちが向かったのは西方司令部だった。

夫婦の暗殺を目論む連中に関する話——軽々しく他人の耳には入れづらい内容だ。

話し合いに適した場所として、中将の執務室に集う。

先ほどホテルで別れたエリーゼ、オリビア、ガルエデンの三人も揃っていた。

室内に二つある横長のソファ。その一方にシェニカとガルエデンが腰かけ、対面ではアルマとエリーゼが居ずまいを正している。

ロキとオリビアは夫婦の座るソファの後方に控えており——そして部屋の主であるホワイトが、物言いたげに部屋の隅で置物のごとく佇んでいた。

「ねえ、なんでぼくの部屋に集まるの？　ほかに空いている会議室あるよね……」

「失礼。ここが一番いい椅子だったもので」

「さも正当な理由であるかのような顔してるけど、思考が野盗と同じじゃない？」

アルマが謹厳に言い放つと、ホワイトは青ざめた顔色で震えていた。

と、そこでガルエデンが全員を見回し、口を開く。

「……本題に入ろう」

全員が姿勢を正す。その後、ガルエデンは続けた。

「フェデン国軍の調査と分析によって、敵の正体が明らかになった。連中の名は《灰の部隊》、ウェギス国の退役軍人を主力とした東西対立派の武装組織だ」

「よく調べられましたね。何がきっかけだったのです？」

「――……匿名の通報だ」

「通報？」

意外な返答に、アルマは首を傾げる。

「ああ。連中に関する情報を連絡してきた人物がいたのだ。名前から経歴まで、どうやって調べたのやら、事細かにな。……いかにも怪しいだろう？　信憑性は低いと踏んだが、一応は調べさせた。するとだ――通報通り、ミストリの街に連中は潜伏していた。構成員の情報までも。……現状、裏が取れた情報においては、すべて間違いがない」

「そ、それは、つまり――国軍に情報を流したのは、連中をよく知る敵部隊の人間？」

「わからん。だが、通報した者から要求らしい要求もなかった。本当にただ情報をリークしてきただけだ。百パーセント正しい情報だけを、な」

アルマたちが不可解だと顔に浮かべる。その人物の考えが、まるでわからない。

通報者の謎はともかく――……ガルエデンから、続けざまに犯人について語られる。

「主犯格はふたり。隊長であるルミと、その右腕とされるマロゥ。そしてルミは『転移』

ている」

の能力者、マロゥは部隊で唯一のフェデン人であり『施術』を受けた強化兵士だと判明している」

「国軍の元同胞まで……」

アルマが呟く。

現フェデン国軍兵士としては、テロに加担していることに思うところはある。

そしてまだ、ガルエデンは肝心なことを話していない。

「ガルエデン総帥。連中の根城は、どこなのですか?」

「――『ミストリの街』だ」

端的に伝えられた。それを聞き、アルマは得心がいった。

一方で、フェデン国の土地に精通していないロキ、シェニカなどは首を傾げていた。

そこで説明を請け負ったのは、この場に居るウェギス出身者の中で誰よりも、フェデンでの生活に馴染んでいるエリーゼである。

「私、知っているわ。東西戦争以降、消えない毒霧に包まれているっていう曰くつきの街よね。毒物を生成するウェギス兵の強力な能力者が猛威を振るった爪痕だって」

「後半部分は、あくまで噂に過ぎないがな。――っと、すまない」

彼女に続き、持ち合わせていた知識を付け加えるアルマが、一言詫びる。

彼の声色は不思議と、裏表のないきちんとした謝罪に聞こえる。

だが、それならば小言も言うなと、エリーゼとしては癇に障るのだ。

シェニカと水族館に行って以降、アルマの様子が奇妙であるとは、エリーゼも薄々気が付いていた。向こうからは何も言われない分、かなり不気味には思っている。

そんなエリーゼの思いも知らず、アルマはさらに言葉を続ける。

「そうだな……加えて『ミストリの街』は、民間人はおろか、フェデン国軍も滅多な用がなければ立ち寄らない危険な場所だ。安全のため防護柵で一帯が囲われていて、近辺を巡回する兵士もいたはずだが、街の内部となると……」

途中、記憶を探ってアルマの言葉が途切れるが、それをオリビアが引き継いだ。

「内部を監視するものはありません。街への立ち入りがあるのは、正規の研究機関が毒霧の調査に赴く限りだったと記憶しています。身を潜めるにはうってつけですね」

「そうなのか。よく知っていたな、オリビア」

「はいっ、お任せください――私は士官学校を首席で卒業していますから！」

「ではガルエデン総帥、今後の方針はいかがお考えなのですか？」

勢いよく起立したオリビアだが、アルマは顔を逸らし、ガルエデンに話を振る。

誰からも小気味いい反応を得られず、オリビアがしょんぼりと着席した。

それから、ガルエデンは雄々しく断言する。

「こちらから打って出る。軍部で裏が取れている情報に関しては確かだ。それを元に《灰の部隊》討伐のため兵を編成し、急襲して決着をつける。『転移』で逃げる隙も与えん」

獰猛な眼光のガルエデンの眼前で、アルマが精悍に表情を引き締める。

その瞳には、期待が込められていた。

東西平和の脅威となる《灰の部隊》の排除は絶対だ。自分が任務に参加すれば、完璧な成功を約束できる。戦力として申し分ないはずだ、と。

「――アルマ中佐」

「ハッ」

「きみには、待機命令を出す」

が、ガルエデンから告げられた一言は、アルマの期待を裏切るものであった。

一瞬、表情が失望に崩れるが、再び引き締める。

「東西平和を揺るがす危機を前に、じっとしていろと言うのですか?」

胸中で熱く脈打つ信条を押さえ、アルマは努めて冷静に問う。

ガルエデンはそんな彼を見返した。一方で、周囲からは《灰の部隊》の標的であるアルマの身を案じる視線を混ざった。

それから、重々しく息を吐いたガルエデンが、かぶりを振るう。

「いかん。アルマ中佐、きみを任務に行かせるわけにはいかん」

「……」

「戦力は十分に足りている。あえて敵のターゲットであるきみを使い、リスクを冒す必要がない」

ガルエデンは確固たる意志を声色に乗せていた。

その胸中は察せられる。それだけ『平和の象徴』を失いたくないのだ。アルマの実力があれば、彼自身の言葉通り、任務の成功は確実なものになるだろうが……理に適っているのはガルエデンの判断である。

アルマの期待は、個人的なわがままに過ぎないのだ。合理性に欠ける。

それを頭では理解しているがゆえ、アルマはこれ以上の意見を飲み込んだ。

「《灰の部隊》討伐作戦にあたり、西方軍の戦力をそちらに回す。それから、アルマ中佐とエリーゼくんは《灰の部隊》の撲滅が確認できるまで、セーフハウスで大人しくしてもらう。悪いが、拒否権は与えられない」

「「――えっ？」」

アルマとエリーゼの驚きが重なり、顔を見合わせる。セーフハウスのほうが安全だというのは論ずるまでもない。自宅を離れる心理的抵抗はあるが、やむを得ない。

「……ハッ」

「はい」

アルマとエリーゼからの返答に頷くと、最後にガルエデンは、夫婦の背後に控える二人を一瞥した。

「フォーチュン大尉、それからハインケル君。きみたちはストレン夫婦と共にセーフハウスに同行、『監視』と『警護』の任務を続けてくれ」

「は、はい！」

「はァい」

「ロキ。しゃんとしなさいな」

「あれ、おかしいな。普通に返事しましたよ。陛下⁉」

飄々としたロキの態度がお気に召さないのか、彼には手厳しいシェニカ。

そんなシェニカが、アルマとエリーゼに向け、凛然とした声色で言葉を送る。

「お二人とも。短い間でしたけど、お会いできて嬉しかったですわ。きっとまた会いに来ます。だからどうか……ご無事でいてください」

「ありがとう。シェニカ」

「シェニカ陛下、僕も感謝しています。……水族館でのことも」

「――」

夫婦の言葉を受け、シェニカは可憐なウィンクを放った。

第四章　英雄夫婦の相愛トゥルーエンド

フェデン中央部の付近に位置するシャンティ湖——その畔(ほとり)には、フェデン国軍の旧防衛司令部が存在している。

東西戦争の折には活躍した施設だが、今では放棄されている。

当時の司令官であったマイルズという壮年の中将は酔狂な男で知られ、軍隊指揮の腕は立つが司令部を私物化する悪癖があった。事実、内部のそこら中に私物が溢(あふ)れている。

そこで疑問に思うはずだ。

なぜ今も、司令部に私物が残されているのか。

原因はシンプルで、マイルズが旧防衛司令部を己の別宅として利用しているからだ。

明らかな越権行為ではあるが、実をいうと軍部も黙認している。

もとより軍部が防衛司令部を放棄した理由は、管理の手間に対して防衛に貢献する見込みが低いと相成ったためだ。かつての西側のように中央部に迫る脅威はもういない。

そこへ物好きが自分から管理者を買って出た。それがマイルズである。

非常時には軍部の裁量に従うことが条件ではあるが、ここは彼の遊び場となった。

そして——……今はストレン夫妻のセーフハウスとして貸し出されている。

「ここの湖も、いい加減に見飽きてきたな」

夕暮れ時。窓の桟に腰かけるアルマが退屈そうに呟く。

セーフハウスに籠ってから一週間。

《灰の部隊》の討伐が為され、東西平和は守られたのか――それが今日はっきりする。

というのも、昨日ホワイトから連絡があったのだ。

この一週間、『ミストリの街』に潜伏している《灰の部隊》の動向を探るため、西方軍は斥候が偵察を行っていた。

奴らの姿を捕捉し、討伐作戦を実行する本隊が到着するまで見張り続けている。そうして、作戦が始まるのが本日というわけである。

よほどの非常事態でもなければ、今日限りでセーフハウスでの生活は終わる。そして、東西平和は安泰だと、ホワイトからの連絡があるに違いない、備え付けの電話を、先ほどからちらりと何度も見てしまう。

まだ鳴らない……。と、そのとき、大部屋の扉を開けて誰かが入ってくる。

「……あら。まだいたのね。いつまで忠犬みたいに待っているのよ」

「エリーゼ。きみこそ、いつもは風呂に入る時間じゃないか？」

「いまオリビアが沸かしてくれているから。お水を飲みに来ただけ」

言いつつ、エリーゼはキッチンスペースからグラスを片手に持ち、水道を捻って水を注ぐ。それを唇につけ、こくこくと喉を動かして嚥下した。

ぷはっ、と息をつくと、アルマを鼻で笑う。

「はっ、律義に電話の前で待っていなくたって、ソファに座ればいいじゃない。あなたにしては人間臭い行動だわ。血の通ってない鬼畜ロボにも、そんな心があったのね」

「ふん。その悪態を聞くのは久々だな。何だったか、きみの好きな……一角獣家族」

「公式の名前が出ないくせに、どうしてそっちが言えるのよ。『ユニコーンファミリー』、略して『ユニファミ』……死んで生まれ変わったらあなたも好きになるといいわ」

「今世の可能性を切り捨てられると、それはそれで腹立たしいな……僕だって、そういうものを好きになることだって……あ、何でもない。小指の先ほども興味がわかない」

「いま、『ユニファミ』を軽んじた？　万死に値するわね」

「やめたまえ。夫婦喧嘩でまた部屋の物を壊す羽目になるのは御免だ。管理人の中将殿にお会いした時、顔向けできない」

よほど電話を気にしているのか、どことなく会話にも身が入っていない。エリーゼはそれを察し、張り合いをなくしたように深く息をついた。

中身を空にしたグラスを流し台に置く。それから再び廊下に足を向けた。

「じゃあ、私はお風呂に行くわ。言っておくけど……」

「――覗かないで、だろう？　僕も毎度と同じ言葉を返すぞ――バカかきみは。何を今さらきみの裸なんぞ覗きにいかなきゃならんのか。自意識過剰だ」

「審美眼のないガラクタ目玉にはわからないのね。ここの大浴場は最高よ。入浴のたび、私だって今まで以上に綺麗になっているんだから。いつか吠え面かかせてあげるわ！」

「吠え面って……どうなろうと、きみの裸に興味はないというのに……まったく」

乱暴に床を蹴って大広間を後にしたエリーゼに、アルマが呆れ顔を向けた。

そうして静寂さを取り戻した一室で、ふとアルマは呟く。

「……そういえば、ロキは？」

「呼びましたかァ！」

「――ぬわっ？」

タイミングが良いのか悪いのか、アルマの死角から飛び出してきたロキに驚かされる。

びっくりさせようという魂胆が、ありありと透けて見えた。

おかげで、つい責めるような眼差しを向けてしまう。

「呼んだ……わけでもないな。別に用はない。どこにいるのかと思っただけだ」

「どこって、散歩ですよォ。旧防衛司令部はとびきり広いですからねえ。一週間を使って散策し甲斐があるってものです。秘密基地みたいで楽しいじゃないですか」

「……そうか？　まあ、楽しそうだなってのは、きみを見ていてわかるよ」

「はハ――そうですかねぇ」

一拍置いて、今度はロキがまじまじとアルマを観察する。

「中佐も、セーフハウスに来てから日に日に元気が無くなっていませんか？　せっかくの何にも縛られることのない生活なのに、何もしないのはもったいないですよ」

「僕は……仕事がしたい……」

「うわァ。まんまワーカホリックなセリフ言わないでください。こちとら、羽を伸ばしているんですから」

「きみは『護衛』で『監視官』だろう……任務当初の前向きさが、見る影もないぞ」

とアルマが気だるげに喋る――そんな時だった。

電話が鳴り始める。

待ちかねていた瞬間が訪れたと、受話器まで全力で駆け抜けてアルマが応じた。

「はい、僕です。アルマです！」

『……アルマくん？　こちらホワイトだよ！』

「お待ちしていました。それで――《灰の部隊》の討伐作戦はどうなりましたか⁉」

アルマは明らかに大きすぎる声量で訊いた。

受話器からの音声がキンキンと頭に響き、面食らった気配がホワイトから伝わるが、直後に彼はアルマの想定していなかった反応を見せた。

『そう、討伐作戦！　それが大変なんだ、《灰の部隊》は、どこにもい――――……』

「……ホワイト中将？」

不自然に音声が途切れ、アルマが怪訝に呼ぶ。

それからしばらく待っても、言葉が返ってこない。

「何だ……どういうことだ」

「アルマ中佐、もう少し落ち着きを持ちましょうよ、普段みたいに。ねェ？」

「ロキ、大変だぞ！　電話が急に切れた。変だぞ。嫌な予感がする」

こちらから電話を掛け直すが、それも意味をなさない。

間が悪く故障でもしたのか、もしくは――屋外の設備に異常でもあったのか。

「…………っ！」

駆け足で窓際へ歩み寄ったアルマ。

外の様子を窺うべく顔を出すと――

「……は？」

視界に飛び込んできたのは、射出されたロケットランチャーの弾頭。

ブースターにより猛烈な勢いで宙を推進する凶器が、アルマの胸に飛び込んでくる。

『――――――――――――――――!!』

旧防衛司令部の全体を揺るがす爆音が、鬨の声のごとく轟いた。

大広間でそんな爆発が生じる――ほんの少し前。

旧防衛司令部には管理者であるマイルズ中将のこだわりが遺憾なく発揮された、珠玉の空間が存在する。それこそが、ここを訪れる寸前のアルマとの会話でもエリーゼも絶賛していた、件の一室である。

最高級の天然石を用いた純白の床面。

視界を鮮やかな緑色で彩る植物。その空間に立ち込める甘いかぐわしさを、肺の隅々にまで送り込みたいと、そんな欲求さえ湧くはずだ。

さらには耳を小気味よく刺激する水音。もくもくと昇る湯気。

水面に花弁を浮かべるそれは、五人が一斉に入っても余りある浴槽だ。

そう――……ここは大浴場である。

「……ふぅ」

浴槽の縁に腕を預け、遮られるものもなく身体を伸ばすエリーゼが、細く息を吐いた。

同じく浴槽にいるオリビアは、滝のようにかけ流されるお湯に頭を突っ込んでいる。それが楽しいようだ。息が苦しくなると、その場から離れてぷるぷる震えて水気を払う。

その拍子には、育ちざかりな胸元がぶるぶる躍動していた。

「くぅ、気持ちいいですねえ……」

「……そうね」

ぱしゃ、と仰向けになってオリビアが恍惚と唸る。

エリーゼも心からリラックスできているのか表情が大分和らいでいた。

と、そのとき。

『――――――――――――――――――!!』

けたたましい音と共に、ぐら……と建物が揺れた。

「わわぁん!?」

湯船の底についていた手を滑らせたオリビアが、ばしゃりと背中から倒れ込む。

手の甲に顎を乗せるエリーゼは、先の振動により湯船からこぼれ落ちるお湯が、大量に
排水口へと流れ込む様子を惜しむように眺めていた。

それから、和らいでいた目元を、やや不機嫌そうに吊り上げる。

「……まさか」

「んもー！　なんですかぁ！」

水面を突き破って立ち上がったオリビアが、怒り心頭とばかりに叫ぶ。

先の振動は一度きりで止まった。

自然現象だろうか。それにしては、エリーゼの胸中がざわめく。

こういう予感は、大抵嫌なときばかり当たるものだ。

「仕方ない……出ましょう」

「ええっ!?　こんなに気持ちいいのにぃ……」

「また入ればいいわ。それより確かめたいことが——」

湯船から上がり、ひたひたと歩いていく。

そうしてエリーゼが脱衣所に続く扉を押し開いた。

「……ッ」

ぴたりと動きが固まる。

扉を開けた先の、すぐ目の前に、アルマが立っていた。

「は？　…………………おわあっ!?　すまない!?」

しばらく固まっていたアルマだったが——狼狽（ろうばい）を顔に出し、後退する。

彼としても、扉が急に開くなど予期していなかった。扉の前に立ち、なかにいる二人に声を掛けようとした、その矢先だったのだ。

——裸のエリーゼとオリビア、二人とアルマが対面している。

その事実が、水面に一石を投じたように三人の心に波を立てた。

・・・・ッ
!?

「…………誓って言うが、僕は覗きなんかしていないぞ！」

「うっ、うるさいわね！　それよりも、まず、後ろ向くほうが先よ！　オリビアがいるんだから！」

「ア……アア、アルマ中佐に、裸を見られてしまいました……これが、既成事実？」

「『既婚者だから、それ以上はいけない!!』」

各々が冷静さを失い、取り乱すなかで――夫婦揃ってオリビアに叫ぶ。

女性陣の頰が真っ赤なのは、湯船で温まったおかげだけではないだろう。アルマも、負けないほど頰が紅潮していることだし。

ぴちょん、とエリーゼの前髪から垂れた滴が、胸の上部に落ちる。

そんな悩ましい光景を前に、一瞬現実の問題をすべて忘却しそうになるも――こんなことをしている状況ではない！とアルマは理性を総動員し、持ち直す。

「いいか、二人とも。騒いでいる場合じゃない。頼むから、落ち着いて聞いてくれ」

「まずあなたが正面からどきなさい！　あなたも冷静じゃないわよ！」

「……敵襲だ。これから大量の敵が押し寄せてくる」

「大ピンチじゃないのよ!?　本当に騒いでいる場合じゃないわ！」

「僕が応戦する。防戦しているうちに下着だけでも穿いてくれ」

「全部着させなさいよ！　なんでそこが最低限ラインなのよ。乙女の柔肌を晒したまま戦場に立たせようとしないで頂戴！」

夫婦が言い争うのを横目に、オリビアはテキパキと着替え始めていた。

◇

大広間でのロケットランチャーの爆発から、辛くもアルマとロキは逃げ切れていた。

そして、今現在。

ロキは、大浴場の入り口である廊下で待機し、周囲をまんべんなく警戒している。

大浴場のなかでは今頃、旧防衛司令部が襲撃を受けている状況を、アルマが女性陣に伝えているのだ。

そもそも、敵はどれだけの規模なのか、何が目的なのか、何者なのか――

得体の知れないものに対する恐怖と心で戦いながら、仲間を待つロキの眼前に。

「……――接敵。攻撃開始」

ライフル銃にサブの拳銃、さらに手榴弾と、物々しさ溢れる集団が現れた。

「で――」

さらには問答無用で、ライフル銃をこちらに向けて構え、引き金へと指を……。

「出たあああああああっ!?」

「──頭を伏せろ、ロキぃ！」

ロキが叫ぶと同時、背後からも心強い砲声。

直後に火を噴いたライフルの銃口──そして、躍り出たアルマも拳銃を発砲。

明らかに連射速度の違う武器で、性能差は歴然だった。

だが……先に全滅したのは、ライフル銃を握る敵集団の方だ。

勝敗を分けたのは、武器の性能差をゆうに超越する、兵士としての力量差だ。

アルマが引き金を絞る度、一人ずつ確実に誰かが倒れていった。対して、人数だけに頼ってロクに狙いも付けられていない攻撃は、アルマには脅威にさえ値しない。

「ちょっと中佐!?　何も蹴り飛ばして逃がすことはないでしょう！」

弾丸の飛び交う範囲にいたロキには、少々手荒に避難してもらったが……。

「ああ。すまん。無事で何よりだ」

「心が微塵（みじん）もこもってないですよねェ!?　本当に中佐って人は……情緒が完全に見えない瞬間あるんだよなァ……」

エリーゼさんにロボット扱いされる理由もわかります、と嘆息するロキ。

と、その時ちょうど、大浴場から他の二人も姿を現した。

「うわ。これがその敵？　普通の人間かしら」

「ずいぶんと良い装備ですね。あ、ナイフは拝借してしまいましょう」

「わーお……早々に倒した敵から装備を剥ぎ取る胆力、真似できない……」

愛剣を装備したエリーゼの隣で、オリビアはあたかもショッピングモールを散策するような調子だ。それを眺めて、四人の中でひと際、繊細な精神を自負するロキが身震いした。

アルマも軍支給の自動拳銃の残弾数が心もとないことを確認し、腰元のホルダーに仕舞う。倒した兵士から、拳銃を二丁取り上げ、弾倉も邪魔にならない程度に持つ。

「ロキ、きみは？」

「いやァ、俺は、戦闘はからっきしなので」

「……そうなのか？」

夫婦の『監視』兼『護衛』なのに、とアルマは内心で付け加える。

「じゃあ、役立たずじゃないの」

「エリーゼさん、辛辣だぁ！」

切って捨てるような物言いのエリーゼに、ロキが茶化すように言う。

それから咳払いし、ロキは声色に真剣みを帯びさせる。

「ただ——役立たずってのは違いますねェ。俺、今まで皆さんに黙っていたんですけど」

襟元を正し、堂々と宣った。

「……実は俺も、『能力』持ちなんです！」

もったいぶったロキの告白に、アルマ、エリーゼ、オリビアが口々に言う。

「どんな力だ。見せろ」

「へえ」

「そう聞いても強くは見えませんね」

「あれぇ――思っていた反応と違う⁉」

愕然とするロキ。

「もっとこう、『そ、そうだったのか⁉』みたいになるかと」

もじもじと女々しい反応を示すロキに、口を開いたのはエリーゼだった。

「だって……元々役立たずの気があったし、期待していなかったっていうか」

「そ、そんな感じ……俺って？」

「御託はいい。時間がないんだ。役に立つのか、どうなんだ！」

「は、はいはい。お任せください……敵の素性、丸裸にしちゃいますよ？」

そう言いつつ、ロキは次々に倒された敵の身体に触れていった。

行動の意味がわからず、呆然と様子を眺める三人。

ややあって、ロキは五指をわきわきと開きながら言った。

「俺は、サイコメトラーなんです。人や物に宿った残留思念を読み取る。言ってしまえば万物は、俺にとって記録器みたいなものなんです。記録を再生できるのは、俺だけ」

「――……つまり、今の動きで」

「ええ。ここに乗り込んできた敵の正体、そして規模までお見通しです！」

大胆不敵に言ってのけたロキに、ようやくアルマたちも感心を向ける。

それから、口端を持ち上げ、ロキが声高に収めた情報を披露しようとする。

「いいですか。敵の正体、それは――」

「頼もう――！　吾輩は《灰の部隊》が隊長の右腕、マロゥ！」

ロキの背後にある曲がり角から、屈強な躯体の兵が姿を現した。

悲しいことにロキの見せ場が一気に持っていかれたが、会敵だ。それどころではない。

アルマが拳銃を構える。

エリーゼが愛剣を鞘から抜いた。

オリビアが短刀を両手に構え、重心を落とす。

ロキは誰よりも後方に立ち、仁王立ちをしていた。

「英雄との戦い、楽しませてもらおう」

「……ずいぶん威勢がいいな。僕たち四人に勝てるとは、思い上がるな」

「それは違うぞ、『東の英雄』。お前たちこそ、吾輩たち六七名の屈強な兵士に、勝てるとは思うな……？」

と、その直後にマロゥの背後から――続々と重武装の兵士たちが姿を見せる。

よく見れば、不自然に軽装の者もいる。ロキのように武器の心得がない素人とは思えないため、恐らくは銃火器を必要としないような戦闘員……『能力』持ちだろう。

旧防衛司令部は軍の施設というだけあって、大人数が集まってもまだゆとりがあった。

「……おい。とうとう敵の規模まで教えてもらったぞ。ロキの能力、形無しだな」

「こんな状況で何言っているんですか中佐⁉」

後方のロキに話しかけると、普通に怒りを買った。

しかし、この状況で、アルマは余裕そうな笑みを浮かべる。

「《灰の部隊》。そうか……貴様らが、よく来てくれたと言いたいよ」

「……なんだと？」

「どうしてこのセーフハウスの場所を知っているのか、それも後で聞かせてもらおう。六七名だったか、全員を取り押さえた後でな」

「――……」

マロゥが瞳に警戒を宿し、徒手空拳で構える。

それを見て、アルマは並び立つ仲間たちに目配せする。エリーゼとオリビアも、それに頷く。ロキだけ距離が遠いため、首を傾げていた。

一触即発の空気で――アルマが叫んだ。

「……全員、下がれ！」

その号令と同時、オリビアとエリーゼが踵を返す。

アルマは殿に立ち、両手に握った拳銃を連続で発砲した。

状況を掴めないでいたのは——ロキと、戦闘態勢にあった《灰の部隊》の面々である。

「えええええっ！　ちょ、撤退ですか、中佐⁉」

「当たり前だ。あんな大人数が自由に動けるだけの広い場所で、こちらは少数、武器も心もとない。あのまま戦え……ないこともないが、敵を取り逃がしたくない！」

「と、取り逃がす……？」

アルマの発言に共感が示せず、ロキが聞き返す。

そこへ答えたのはエリーゼだった。

「大浴場は近くに屋外と繋がる扉があるでしょう。劣勢を悟った敵は、必ず命が惜しくて逃げ出す者がいるわ。どんな高尚な思想で集まった組織であろうとね。乱戦だと、そういう輩は見逃しやすい」

さらに、涼し気な顔をして並走するオリビアが、納得の声を漏らした。

「はあぁ、なるほどですね」

「……ひとまず目的地は決めている。まず調達するのは武器だ」

会話しつつ、足の速い敵を拳銃で牽制、もしくは打破してみせるアルマ。

彼が味方でいる安心感に、ロキは乾いた笑みを浮かべるのだった。

◇

——旧防衛司令部の武器庫。

そこに詰め込まれているのは、すべてが管理者であるマイルズ中将の私物である。

壁を埋め尽くすほどのライフル銃、コンテナ一杯に埋め尽くされた榴弾(りゅうだん)、棚の中身は何万発もの弾薬、さらに床の隅には途方もない量の爆薬が山積みになっている。

「うーん。散歩中にも見かけましたけど、戦争でも始めるのかと思うような様相ですね」

「はっはっは！　ロキ。これだけの量では流石(さすが)に戦争は無理だって」

「あ、すみません。ちっとも笑いを取るつもりではなかったので、むしろそれがツボな中佐に若干の恐怖を感じています……」

物珍しそうな視線を送るばかりで、ロキは何も手には取らない。

それからエリーゼも、愛剣があるからためか、銃火器のような武装を漁(あさ)る様子は見せなかった。

一方で、アルマとオリビアは、めちゃくちゃに武器庫を練り歩いていた。

「ほう。グリップが特殊カスタムだな。流石マイルズ中将良い趣味をしている」

「びっくりするぐらい切れ味鋭いナイフですね！　すごいですぅ！」

「あぁー……軍人ズがテンション上がっちゃってる……」

生温かいものを見る目で、ロキはそれを見守っていた。

正味、武器庫の内部はあまりに物騒だ。うっかり榴弾(りゅうだん)の安全ピンに服を引(ひ)っ掻(か)けて、そのままピンを外してしまった暁には、周囲の爆薬ごと巻き込んで派手に昇天できる。

そんな憂き目にだけは遭いたくないと、ロキはなるべく武器庫の入り口付近にまで歩み寄った。

そこには、ちょうどエリーゼも佇(たたず)んでいる。

武器庫の外に敵影がないか、確認しているのだろう。ここまで直接的に戦ったりもしなかった。《灰の部隊(グレイズ)》の士気も高く、今頃、逃げ足の速いアルマたちを探して旧防衛司令部の内部を移動しているはずだ。

どのみち装備を整え終えたら、アルマたちから仕掛けに行く算段でいた。一度本気で攻勢に転じれば、あとは決着がつくまで止まらない。

きっと——戦いはそう長引かない、エリーゼはそう予感していた。

「……待たせたな」

アルマとオリビアが、武器庫の奥から出てくる。

そうして《灰の部隊》との勝敗を決するべく、四人は行動を開始した。

——命と並ぶほどに、大切な記憶がある。

その記憶に触れたくなったら、前髪を指で梳く。指先が固いものに触れると、その無機質な物体から、白濁した不鮮明な記憶が脳裏で再生される。

何度も何度も触れていくと、物に宿る記憶というものも次第に摩耗していくのか、白濁の色合いが濃くなっていった。回数を重ねていけば、いずれ何も映らなくなる。

でも、まだ微かだが見えるのだ。

その白い記憶のなかには、顔も思い出せないが、女の人がいた。

両目を燦々と輝かせて、見るものすべてが美しいと語るように大きく笑みをつくって、子どもがそのまま大きくなったような、そんな女の人がいたのだった。

だが、髪の色はもう見えない。

次に記憶を再生したときには、目元か、口元、そのすべてか……ともかく。

人の記憶に忘却が付き物であるように、どうあっても記憶、あるいは思念と呼ばれるものは忘却してしまうのだ。

だから、それならば——完全に消えてしまう前に。

再生された記憶のなかでしか、会ったことのないこの人に、現実で会おうと。

そんな名残惜しさに、きっと狂わされてしまったのだ。

……はハ。

我ながら、バカなことした。

◇

アルマたちが武器庫を出てから一時間足らずで、《灰の部隊》はほぼ全壊していた。

倒した人数の比率で言えばアルマ四割、エリーゼ三割、オリビア二割の内訳だ。ロキは徹底して戦闘には加わらず、仮に加わった日にはアルマたちの陣営で唯一の戦死者として名を刻むに違いないと思っている。せめて邪魔にならないよう、逃げ回っていた。

ここまで鎧袖一触という戦いぶりのアルマたち——そして。

今、最後に立ちはだかった二人と、決戦を迎えようとしていた。

「あーあ、せっかくの私の阿漕なライフ設計がめちゃくちゃだわ……」

「がはは。もう猫かぶりはいいのか、ルミ殿」

深く嘆息するルミと、呵々と笑うマロゥ。

二人は、正対に英雄夫婦、その後方に立つオリビアとロキを見据える。

「向こう、ひとりも欠けてないじゃないのよ。《灰の部隊》、弱すぎ……？」

「いいや。群れたところで、蟻(あり)は蟻だったというだけである」

「――きみたち、武装解除して投降したまえ。勝敗は目に見えている。だろう？」

アルマが一切の容赦なく言い放つ。

対して、ルミとマロゥは顔を見合わせて、同時に笑った。

「嫌よ」

「で、あるな」

ルミは右手に握ったダガーを、エリーゼに向ける。

マロゥは左拳を、アルマに突き付ける。

「……やむを得まい」

「望むところ」

アルマとエリーゼが、それぞれ一歩前へ出る。

――が、二人の肩がぶつかる。

「……ん？」

「ん……？」

立ち位置を見誤ったのかと、互いの顔を見る。

だが二人とも、間違えていない。

マロゥとルミ、二人の眼前に――己一人で乗り出そうとしていた。

「……きみは要らん。下がれ」

「あなたが要らない。下がって」

「……連中はテロ組織で、僕は国軍兵士だ。彼らを捕まえる社会的責任がある」

「──私は」

そのとき、エリーゼは腕を持ち上げる。

彼女の手は人差し指がピンと伸ばされ、ロキへと向けられていた。

「困っている人を──……彼を、助けるわ」

「──なに？」

「え？」

「エリーゼさん？」

その発言に、アルマ、ロキ、オリビアが疑念を口にする。

真面目な顔のエリーゼは、真っすぐにロキを視線で射抜く。

「ロキ。あなたは私たちに何かを隠している」

「──っ」

「そして、それは《灰の部隊（グレイズ）》に関係する。間違ってる？」

「……エリーゼさん、ど、どうしたんですか？　急に……はハ、わけがわかりません」

ロキはかぶりを振る。

そんな少年の双眸を、真正面からエリーゼが覗き込んだ。

「――私が、一体いままで、何人の困っている人たちを救ってきたと思っているの？」

「――……え」

「勘違いしているようなら教えてあげる。私は、あなたの隠し事については、何も知らないわ。あなたと《灰の部隊》の関係も知らない」

「……な、なら、なぜ俺を？」

「あなた、《ナカナオリパーク》から帰ってきた日から、様子がおかしかったもの」

「――……」

その意味に気が付いたのは、この場に居る三名だけだ。

ルミと、マロゥと――……ロキだけである。

「じーっと、あなたの顔を見て確認したから、間違いないわ」

「ん？　おい待て、それは……あのとき、ロキがロッキーの口髭を、服の襟につけっぱなしにしていた時のことを言っているのか！」

思い至るフシがあったのは、アルマである。

あの時は確かに、エリーゼの様子はおかしかった。普段から、そこそこおかしいが。

エリーゼは、あなたの反応はどうでもいいとばかりに鼻を鳴らした。ひっそり、アルマが青筋を立てる。

そんなアルマを放って、エリーゼはロキの両肩に掌を置く。

「本当に助けを必要としているかどうかなんて――顔を見ればわかるわ」

「……そんな、めちゃくちゃな……」

「なら、私の言うことは、間違ってる？」

「――……」

ロキは、黙った。

エリーゼが愛剣のグリップを握り直し、ルミとマロゥに向き直る。

美しい金髪の揺れる後ろ姿が、ロキの網膜に焼き付いた。

そして、彼女は言う。

「私に、助けてほしいと言いなさい」

「――」

「そしたら、あなたを助けるわ」

「……」

ロキは、やがて背後の壁に背中を預け、力無く床に尻餅をついた。

それから両手で顔を覆い、そして……前髪に沿って、ヘアピンに触れた。

「助けてください。エリーゼさん」

「わかったわ」

力強く応じたエリーゼが、アルマを押しのけ、前に立つ。

「……いやいや」

だが、勢いで誤魔化(ごまか)されるアルマではない。

彼女に戦闘を譲るつもりは毛頭なく、ロキの抱える事情とやらにも理解はない。

そして、それはエリーゼも同じなはずだ。

だというのに、彼女がここに立っているのは……

「私は、人を助けるために、戦うのよ。文句があるかしら？」

「――……人ありだ。たわけ」

アルマは拳銃を構える。

半歩だけ、身を反らして、エリーゼの立てる場所を空けながら。

「ちょうどいい機会だ。ずっと、きみに話したかったことがある」

「今？」

「今」

戦闘が開始する。巨体に見合わない俊敏さで、肉薄するマロゥ。

脇腹を狙う左拳を、アルマは折り畳んだ膝で受け止める。

「《ナカナオリパーク》のレストランで話したことを覚えているか？　僕たちは、このままで本当に良いのかって話だ」

「ああ、できれば忘れたかったわ。不快だから」

「おい」

ルミが閃(ひらめ)かせるダガーを、エリーゼが切り払って押し返す。

さらにエリーゼは手首を返し、愛剣を逆手に持ち替え、刺突。

間隔の読めない彼女の動きに、ルミは防戦一方だ。額には冷や汗が浮かんでいる。

「あのあと、シェニカ女王陛下と話していて、ようやく解答がわかった」

「――……へえ？」

「それは」

マロゥが繰り出す渾身(こんしん)のアッパーカット。アルマの顎先を捉える。

が、自ら顎を跳ね上げさせ、パンチの勢いを完全に捌(さば)き切る。マロゥの拳がそもそも常識外の速度だというのに、アルマの反射神経はそれを完全に上回っていた。

言葉を遮られた苛立(いらだ)ちからか、けっこう強めにアルマの蹴りが放たれ、マロゥが後方へと吹き飛ばされる。彼女の安否を思い、ルミが名を叫んだ。

そんな外界の音を放って、アルマとエリーゼは言葉を交わす。

「それは――……僕ときみが、互いの主義を抱えたまま協力することだ。今と未来、どちらに生きる人々を、全員助ける」

「……！」

「お互いに譲る必要なんかない。信念、主義を、それぞれ貫き通していい。その上で合わせるんだ。そちらに比べれば、僕のもたらす救いも、きみのもたらす救いも、矮小だ」

「……そんなこと」

ルミがダガーを握る反対の手で、拳銃を構え、連続で放つ。

弾丸はエリーゼへと突進し、彼女の右肩と左足のふくらはぎを貫いた。

だが、次の瞬間には治癒が完了する。ルミへと振りかぶって右手で掌底を放ち、力強く地面を踏みしめた左足を軸に、猛烈な回し蹴りを放った。

ルミのこめかみに、エリーゼのブーツが激突し、鈍い音が鳴る。

「そんなこと、考えたこともなかったわ」

「僕もだ。だけど、きっと実現できると思う。いや、実現させるんだ」

「——」

「僕らは、英雄で、夫婦なんだから。手を合わせてどちらも救うことができる。大丈夫だよ、エリーゼ。僕はもう——迷わない」

「…………！」

エリーゼの深紅の瞳に、アルマの相貌が映り込む。

照明の灯りによるおかげか、不思議なほどに輝いて見えた。

「……そうね」

「考えてくれるか？」

「考えない。私は短絡的だから、決断は早いのよ」

今度はアルマが驚愕に目を見張る。

そうしてエリーゼが、唇の触れ合うほど近くに迫る。

「——乗ってあげる。協力しましょう。理想のために」

「……はは。そうこなくちゃな」

互いを見つめ合い、しばらく離れなかった。

そんな二人を、背後から——身体中に血潮や青あざをつくったマロゥとルミが、鬼気迫る表情で襲い掛かる。

直後——アルマとエリーゼは、華麗に立ち位置を入れ替わり。

——アルマが鋼のごとく固く握りしめた拳で、ルミの振りかざしたダガーを粉砕してなお勢いを殺さず、彼女の胴体を拳で打ち据えた。

——エリーゼが見蕩れるほど美しい太刀筋で、マロゥの屈強な肉体を撫で切りにしていき、彼女の全身を血だるまに変貌させた。

「……う、う……」

「あ——か」

ルミとマロゥが同時に、床面に倒れ伏す。

——英雄夫婦はもう、相手の姿しか瞳に映していない。

「きみにしては……息を合わせてくれたな。助かった」

「うん。まあ、アルにしては及第点だわ。私も、一応ありがとう」

「ふ……」

「……ぷふっ」

まだ動きの固い相手の表情が、どうにも可笑(おか)しくて、二人で肩を揺らした。

そうして、彼らは毛づくろいし合う猫のように、互いの服装の土埃(つちぼこり)を払った。

——……そして。

夫婦の圧倒的な戦いぶりを、今まで呆然(ぼうぜん)と眺めていたロキとオリビアは……

「すっげ」

「……ひゃあ」

と夫婦の背景に桃色の気配を幻視し、顔を背けた。

——けれど。

戦地にあるまじき、一瞬の気の緩みを、許さない者がいた。

「……ふふ、ばかね……私」

「──む」

アルマが気づく。

無意識のうちにエリーゼを己の背中に隠しながら──ルミに歩み寄る。

彼女は重傷だ。やったのは自分たちだが。

すでに立ち上がることさえできないだろう彼女を、アルマが見下ろす。

「……ひょっとすれば、勝てるかもって、本気で夢見ていたわ……」

「──」

「……勝ち目を増やすためって、裏切り者を引き込んで、こうして総力戦まで仕掛けたのに、最後の最後でこうなるんだったら……《灰の組織(グレイズ)》なんて──率いなければ」

「もう喋(しゃべ)るな。傷に障るぞ」

「……ふふ。勝ったつもりなの、英雄？」

「──なんだと？」

そのとき、アルマの眼は、刹那を捉えた。

うつぶせに倒れるルミの体の下から──青白い光が見えていた。

(『転移』の……!?)

瞬時に屈(かが)みこみ、ルミの肩を掴(つか)んで引き上げると、体の下を確認する。

そこには──……手榴弾(しゅりゅうだん)の安全ピンだけが、残されていた。

「……本体は、どこへ転移させた？」

「ふふ、ふふふふ、ふふふ…………どーこだ。シンキングタイムは、三秒」

「まさか──」

もし、ルミと同じ状況なら、アルマもきっとそうする。

たった一発の手榴弾で、己を負かしたすべての人間を道連れにするのなら──。

アルマは叫び声をあげた。

「榴弾を武器庫に『転移』された！　旧防衛司令部全体が吹き飛ぶぞ────!!」

「──っ！」

驚愕と、理解。

それを肉体に反映させるには、あまりにも──時が短すぎた。

……アルマを除いて。

（仲間だけでも──？　いや、《灰の部隊》を大本から叩くだけの情報がまだ得られていない。悪の芽を完全に摘み、東西平和を守るためには……全員でなければ、駄目だ！）

この場にいる誰も死なせられない。誓ったばかりの理想に突き動かされる。

人生で出したこともなかった、全身全霊の、一歩。

フェデン国軍最強である、アルマの一歩が、確かに命運を分けたのだった。

◇

……ル

…………ル。

…………ア………。

………………ア…………ル……。

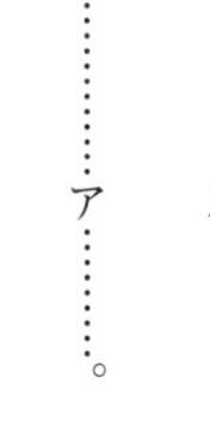

◇

搔き消えそうな、か細い意識のなか。

アルマは聴いた——最愛の妻の声を。

……妙だ。

いま、自分は最愛のと言ったのか。

そちらは、過去の己が抱いていた感覚ではないだろうか。

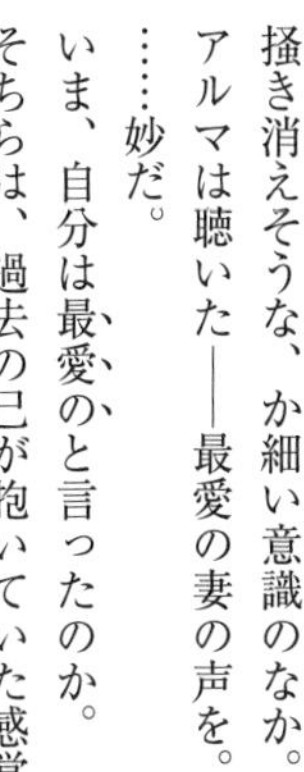

いや、だが間違いなく、いま——アルマ自身が、感じた。
生身の肉体という感覚が完全にない。胸に手を当てる代わりに、耳を澄ませる。
——————。
無音だ。心音が、ない。
そうか、と。
ふいに理解した。きっと、否——間違いない。
死んだのだ。
アルマ・ストレンは死んだ。
最期の記憶は鮮明に覚えている。
エリーゼと、オリビアと、ロキを両手に抱き寄せ。
ルミとマロゥも引き寄せて、全身が千切れそうな重量に構わず、必死に遠くへ。
前方に建物の内壁があることや、屋外がどうなっているのか、なんて考えずに。
ただ遠くへ飛ばなければいかないという、鮮烈な思いがあった。
——あれ?
どうして。
どうして——飛ぼうと思ったんだろう。
胸に抱えていたのは、誰だったろう。

男だったか、女だったか、子どもだったか、老人だったか。
思い出せない。
何を、思い出そうとしていたんだったっけ。
そんなことより、自分は。
…………。
……いや。
考えるのはやめた。
そんなことより——もっと沈みたい。
沈み込んでいたい。昏(くら)く深い、この何もないところで。
そうすれば、煩わしい思考も停止してくれる。
きっと、それが完全な死だ。
…………。
……完全な？
ということは。
今のこの状態は、もしかするとまだ——……。

「――!?」

息苦しい。

もがいた。手足がある。

暗い。目はある。瞼が閉じているせいだ。

「ん……んん!?」

「――――」

ゆっくりと瞼を持ち上げた。

……信じがたく美しい女性と、キスをしていた。

鼻腔をくすぐる甘い香り。それと刺激的な火薬の匂い。

女性もまた、先のアルマのように瞼を閉ざしていた。

頬に添えられた華奢な掌が、恐ろしく冷たい。

心胆まで震えるような出来事に直面したかのように、凍てついていた。

体の諸所を血で汚した、煤にまみれた、絶世の美女と――唇が離れる。

彼女と自分とのあいだで、銀糸が引かれていた。

「……はぁ」

「……」

熱っぽい吐息が顔に触れ、全身に血が通った気がする。

それから、どっと突き放したくなるような重みがのしかかった。

「……生きていたのか、僕」

「生き返らせたのよ。死なせたげない」

アルマの黒髪を梳き、エリーゼがいつになく優しい声色で言う。

心地よい。

直前までいた昏いところより、遥かに温まる。

と、そのとき、小脇でうずくまっていた少年少女が覆い被さってくる。

「ア、アルマ中佐ぁ～!!」

「中佐……っ！」

「う…………オリビア、ロキ。無事だったんだな」

仰向けに寝転がるアルマは、さらなる重みが加わって、余計に動けないのだが。

命を拾った安堵か、命を救われた感謝か、命を見限った罪悪感か。

……洟を啜る音の理由を、あえて今尋ねることはしなかった。

それより、アルマは天を仰ぐ。

時刻は夜。満天の星々が広がっていた。

膝枕しているエリーゼの相貌まで視界に収める。

「……美しいな」

「ん……どっちが？」

「決まっている。最愛の妻のほうだ」

「――ありがとう。嬉しいわ、最愛の夫に褒めてもらえて」

そうして、今度はアルマからキスをした。

エピローグ

「離婚を取りやめるって……それは本当かい、二人とも⁉」

思いがけない朗報を耳にして、ホワイトが喜色満面の笑みを咲かせた。

その正対で、ソファに腰かけるストレン夫婦は――……

「はい。エリーゼほど愛(いと)おしい女性は、他にいませんから」

「ええ。アルほど大切に思える殿方は、他にいませんから」

誰の日から見てもわかるほど、とろっとろに惚気(のろけ)ていた。

腕を組み、頭を相手の肩に預け、二人でひとつの共同体みたいなくっつきようだ。

結婚式で見たときのような関係性の既視感を感じる。

というか、ほんの少し前まで、えらい嫌い具合だったのに……いつの間に、こんな好き合っている円満夫婦に変化したのだろう。

「えぇと、ちなみに、どうやって仲直りしたの？」

「……昨日、僕が死にまして」

「私が、アルを蘇生(そせい)したんです」

「えぇぇ⁉」

予想の斜め上どころではない話に、ホワイトが仰天する。

ホワイトは、傷ひとつないアルマの頭からつま先までを観察し、尋ねる。

「で、大丈夫だったの？」

「はい。ご覧の通りです。それもこれも、エリーゼのおかげです」

「もう、アルったら」

「……すごぉい」

文句の言いようもない夫婦仲の修復ぶりに、ホワイトは気の抜けた感想が出た。

ともあれ、表情を引き締めて。

「そうかぁ……何にせよ、よかったよ。東西平和の安寧が守られたこともそうだけど、君らには幸せにいてほしいからね。うん、本当によかった」

「ホワイト中将……色々とご心配おかけしました。もう、僕らは大丈夫です」

「うん。何があっても、私はアルを嫌いになんてならないわ」

「そっか、そっか……いいねぇ。やっぱり夫婦は、仲睦まじいのが一番だ」

ともすれば涙腺に来てしまいそうだ。ホワイトは目頭を揉む。

幸せな空気がやまない夫婦に、ホワイトは言葉を続ける。

「総帥や陛下にも、お伝えしないといけないね。もう、連絡はしたのかい？」

「いえ。ですが、オリビアとロキから、報告は伝わっているはずです」

「おお、そうかい。でも……そうか、ロキくんと言えば……彼は」

「ええ。今は留置所にいます。《灰の部隊(グレイズ)》と共謀し、僕とエリーゼの暗殺計画に加担した罪で」

「そうか……何か事情があったんじゃないかな」

「ええ。私もそう思います」

エリーゼが首肯する。

いつもと変わらない姿のエリーゼは、まだ彼を救うべき対象と見ているのだろう。

《灰の部隊》は壊滅した。連中との関係が、ロキの悩みの根源ではない。

それは、旧防衛司令部での爆発からアルマの手により命を拾われた彼女たち——ルミとマロゥから引き出した情報によって確信することができた。

ロキとの関係は浅く、一時的な協力に過ぎなかったと。

もっと根深い何かがある。それはまだ、彼の口から聞かなければわからない。

彼は——ロキ・ハインケルという少年は何者なのか。

今まで共に過ごしてきて積み重ねた知識だけでは、見えない側面があったはずだ。

なぜアルマたちを裏切り、《灰の部隊》と共謀する必要があったのか。

そして、その行動はロキの本意だったのか？

(……いいや。そうとは考えにくい)

アルマの目には焼き付いている。エリーゼに助けを求める、ロキの切実な表情が。

裏切りがあったことは、ルミとマロゥの二人による証言からも明白だ。その事実は覆せない。

ただ、ロキが潔白ではないことは承知の上で、何かやむを得ない事情があったのではないかと。彼を信じることが正しいと、アルマは思っている。

そこに根拠がないわけではない。

仮に、ロキが悪意や敵意をわずかでも胸に宿していたのなら、エリーゼは彼を『困っている人』とは認めなかった。それだけは間違いない。

目の前の困っている人を助ける——その一点だけを突き詰めて、英雄になった彼女の言うことなのだから。それだけで、アルマが信じる理由としては十分すぎる。

すなわち、ロキの言葉に嘘はない。助けてほしいと、心の底から願っていた。

それだって、事実だ。

これから先エリーゼの手に余るのなら、アルマも一緒にやればいい。

……二人なら、救えないことなどないのだから。

「それと、じゃあ、オリビアくんは」

と、ホワイトが名前を出した瞬間だった。

トットトットット。

リズミカルな足音が響いてきた。

それは、どんどん執務室へと近づいてきている。

「……まさか」

オリビアとの初対面を思い出す。

彼女はランニングの勢い余って、執務室の扉を破壊した前科持ちだ。

現に、ホワイトなんかよっぽどトラウマなのか、気が気じゃない様子でいる。

「――……ふむ」

ここは敬愛する上司のために、一肌脱ぐとしよう。

アルマはソファから立ち上がると、執務室の扉を見据える。

そして、足音の反響、彼女の息遣い、歩幅、移動速度などを計算して。

「待て！」

と叫んだ。

すると、瞬間的に、足音がぴたりと止まる。

カツカツと軍靴を鳴らし、歩み寄ったアルマが扉を開ける。

「やはりきみか、オリビア」

「ア、アルマ中佐……どうして私だとお分かりに⁉」

「どうしても何も、軽快な足音をここまで響かせるのは、きみしかいない」

「えっへん！　恐れ入ります！」

「褒めてないぞ。恐れ入ってもないだろう、きみ……」

眉間の皺をほぐすアルマの眼前で、オリビアがくすくす笑う。

それから彼女は、弾むようなステップで執務室に入った。

「本日はアルマ中佐に、改めて、昨日助けて頂いたお礼と……」

「別に構わないのに。それと？」

「……私、正式に西方勤務になりました。ふっふっふ」

「――え？　おめ、ぁ……いや、きみ中央勤務だったろ。キャリアも狙えたじゃないか。本当にいいのか？」

「いいんです。だって――中央には、アルマ中佐がいないじゃないですか」

「………お、ん」

「私、上官は信頼できる人じゃないと嫌なんです」

「……おん？」

「じゃないと、士官学校を首席で卒業している私に、嫉妬で狂っちゃいますから！」

「…………」

彼女が西方司令部の同僚になるのか、と。

想像してみたアルマは、ちょっぴり気苦労が重たくなった。

「ちょっと待ちなさい」

「——エ、エリーゼ？」

袖を引かれて、思わず姿勢を崩す。

眼前にいる妻はすっかり不機嫌な表情をしている。

何が不満だったのか判然とせず、アルマは尋ねた。

「ど、どうした」

「オリビアと仲良くしちゃダメ」

「なに？　なぜ？」

「だって……」

言葉を溜めて。

アルマの耳元に口を寄せ、エリーゼが蠱惑的に囁いた。

「嫉妬で狂っちゃうから」

ぞわりと背筋が震え、思わずのけぞる。だが、軍服の袖を掴んだままの手が、遠くへ後退することを許してくれない。

「——っ」

鼻先が触れそうなほど間近に、エリーゼの美しい相貌がある。

潤んだ深紅の瞳と遜色がないほど、彼女の頬は赤く染まっていた。

おかげで、アルマは羞恥と困惑を持て余している。

突飛な行動を起こした彼女の真意が、直前の発言に紐(ひも)づいていることだけはわかった。

それは、つまり――。

「きみも一等賞自慢をしたいのか？　そんなに出たがりだったか、きみ？」

「……もう！」

エリーゼが憤慨する。

軍服の袖をあれだけ強く掴んでいた手を放し、かなりの目力で睨(にら)んできた。

どうやら、何かを間違えたようだ。

それを察した頃には、もう遅かった。

「アル。あなたね、前からそういうところがあるわ。女心をもっと勉強して！」

「そ、そうか？　いや、しかし……」

「あーもう、ぐだぐだ言わない！　あなたの妻がお願いしているのよ。私で試せばいいじゃない。これから、たくさん、勉強させてあげるから！」

「……エリーゼ。司令部で、そう大きな声は出さないでくれ。誤解される」

「誤解上等よ！　悪い虫が寄り付かなくなって、ちょうどいいわ！　アルマ・ストレンは私の男ですからね～～～～～～～～～～～～～～!!」

「ちょ、おかしいぞ、きみ！　久々に愛情が絶頂を迎えて、ハイになっているんじゃないのか!?」

執務室の扉から顔を出して叫ぶエリーゼを、慌てて羽交い絞めにする。

放っておけば西方司令部を歩き回って、聞く者が砂糖を吐き出すような惚気(のろけ)をまき散らしかねない勢いだ。

だが、そんな反応がエリーゼに火をつけてしまった。勤務先でそんな真似(まね)をされては、アルマも体裁が悪い。

なぜ愛情表現の邪魔をするのかと、怒り心頭といった様子で詰め寄ってくる。

「アル！　あなた、私を愛しているのよね？」

「あ、ああ……その通りだが」

「だが？　中途半端な物言いはよして。あなたはもっと大胆だったはずよ。結婚式の時なんて盛大に愛の告白をしてくれたじゃない！」

「うん、しかし、然(しか)るべき場所というものがあって……」

「もう！　いつからそんなに物分かりがよくなってしまったの！」

「そう言うきみは、結婚式のときより、愛ゆえの暴走に磨きがかかってないか……？」

かくいうアルマも、理性を働かせていられるギリギリの状態だ。

最愛の妻から、こうも熱烈に口説かれているのだから。どんな屈強な精神力を持っていたところで、たちどころに甘く溶かされてしまう。

頬(ほお)の熱さが抜けきらないのを自覚しながら、必死にエリーゼを落ち着かせにかかる。

自宅ならともかく、やはり職場では一線を意識せざるを得ない。気を抜く瞬間などあってはならない、軍人としての性分だ。

袖を通している軍服が、いわばアルマの理性にとって最後の砦である。

しかし、そんなアルマの胸板へ、エリーゼが人差し指をぐいと押し付けてくる。

「私はあなたが好きで……好きで、好きでたまらないの！」

「ぐっ……!?」

胸が締め付けられる。

久々に愛情が爆発して歯止めがきかなくなっているという見立ては、あながち間違いではないのだろう。エリーゼだけではなく、アルマ自身も……。

しかし、遠慮なしに接近してくる彼女を、どうにか手で柔らかく押し戻す。

一瞬でも理性が決壊すれば、そのまま抱擁してしまいそうだ。今まさに、その葛藤にアルマは抗っていた。

打てば響くようなやり取りができず、エリーゼは愛を紡いでも満たされない。

時と場所を考えてほしいというアルマの言葉も、理解は示せるが、それ以上に心臓がうるさくて仕方ないのだ。

もはや、良い反応を期待して待つことなどできない。

「……仕方がないわね」

「わかってくれたか？」

アルマが安堵の表情を浮かべる。

そこで一歩、彼の胸元へ飛び込んだエリーゼが、有無を言わさない圧で言い放つ。

「じゃあ、キスしなさい」

「接続詞の扱いを間違えてないか？」

「キスしないと。キスするわよ」

「頼む、気づいてくれ。同じ択を提示していると」

「キスしたいの？　キスしたいでしょう。はいどうぞ」

「押し売りがすごい！」

「うるさい口ね。もういい。黙らせてあげるわ」

黙らされた。たっぷり十秒。

「……」

「じゃあ、家で帰りを持っているわ」

手の平をひらひらと振り、エリーゼは執務室を後にする。

唇に触れ、それから頬の赤みを誤魔化すように言う。

「あぁいうの、どこで覚えてくるんだ……」

「女性同士のコミュニティってやつじゃないかい、僕もよく知らないけど」

「じゃあ言わないでください」

「辛辣だねぇ～……僕も仕事に戻ろうかな」

実は精神が一番タフなのはホワイトなのではないかと思うほど、泰然と去っていった。

そうして各々去っていく中で、アルマは。

「オリビア？　きみ、何しているんだ」

「手紙です。絶賛拘留中のハインケル君にお届けしようかと！」

「絶賛って……」

苦笑するアルマは、それから笑みを深くした。

「言っておくが、ロキがいるのは拘留所じゃなくて留置所。この西方司令部の地下だ」

「ええ、地下って……ええ、近いじゃないですか！　そんなの、ここから大声で呼んだって聞こえますよ！」

「無理に決まっているだろ。何枚分厚い床があると思っているんだよ。ノリと勢いで言葉を発し過ぎだろう」

「じゃあ、会えるんですか……！」

「会いたいのか？」

「はい。だって仲間じゃないですか」

「――……そうだな」

そうしてオリビアに先を急(せ)かされながら、アルマは執務室を出る。

(さて……はたして、ロキは素直に口を割るだろうか)

考えて――いや違うな、と頭を振る。

(仮に、今更口を閉ざそうとも、飄々(ひょうひょう)とした態度に本心を隠そうとも、もう遅い)

彼が救われることは、アルマとエリーゼの決定事項だ。

廊下を歩みつつ、アルマは手袋をきゅっとはめ直す。

そんな彼の相貌を流し見て、オリビアも触発されるように表情を引き締めた。

国家の、世界の平和のために。人のために。理想のために――。

「まずは、我々の仲間を助けるとしよう」

正義と信念を宿した瞳で、誰もが救われる遠い未来をアルマは見据えるのだった。

あとがき

まずは、この本を手に取っていただいたことに感謝を。ありがとうございます。

そして初めまして。第十八回MF文庫Jライトノベル新人賞にて審査員特別賞をいただきました、汐月巴（しおつきともえ）です。

自分がライトノベルを書き始めたのは、大学一年の夏でした。自由が許される時間が増えたので、何かしら好きなことをしようと思ったのが発端です。

そこでなぜ執筆活動を選んだのか、ずっと読み専だったのに自分でも謎ですが、ともかく半年ほどかけて長編を完成させた時には、人生最高の達成感を覚えました。

……翌日には魔法が解けて、よくよく見ると酷（ひど）い出来だと冷静になったのですが。

こんなはずじゃないと。躍起になって次の作品を描き始めるくらいには、もう熱中していました。そこが自分の原点なのだろうと思います。

その後はマイペースに創作を続け、就職活動を意識し始めた折に、新人賞への投稿を始めました。やるべきことをやらず、やりたいことばかりやっていた、割と暗黒期です。

ただ、そこから担当編集様が付いてくださった幸運もあり、年単位の投稿を経て、今に至ります。

さて、本作に触れますと、応募時点の中身とはがらりと変わりました。

お話はもちろんのこと、最たる変化はキャラでしょう。応募作では、エリーゼはヤンキー口調のオラオラ系でしたし、オリビアは頭でっかちで堅物な子でした。

おかげで「ヒロインが可愛(かわい)くない」とご指摘を受け、可愛さとは何かを延々考え続けることになるのですが、読者の皆様に少しでも可愛いと感じていただけたら嬉(うれ)しいです。


ここからは謝辞を。

担当編集様、自分の未熟でちっとも迷走から抜け出せず、多大な迷惑と苦労をおかけして申し訳ありません。今巻を完成まで導いてくださったこと、心より感謝いたします。

それから素晴らしいイラストを描いてくださった、だにまる様。初めてキャラデザを拝見した時の感動は一生ものです。魅力的なイラストの数々、ありがとうございます。

また、本作を選んでくださった審査員の先生方、MF文庫J編集部の皆様、この本の出版に携わっていただいた方々。

並びに応援してくれた家族と友人、読者の皆様に、改めてお礼申し上げます。

本当に、ありがとうございます。

この先も長くお付き合いできますように！

汐月巴

MF文庫J

英雄夫婦の冷たい新婚生活1

2022年12月25日　初版発行

著者　汐月巴

発行者　山下直久

発行　株式会社KADOKAWA
〒102-8177 東京都千代田区富士見2-13-3
0570-002-301（ナビダイヤル）

印刷　株式会社広済堂ネクスト

製本　株式会社広済堂ネクスト

Printed in Japan　ISBN 978-4-04-682040-2 C0193

この作品は、第18回MF文庫Jライトノベル新人賞〈審査員特別賞〉受賞作品「冷たい新婚の裏事情」を改稿・改題したものです。

【 ファンレター、作品のご感想をお待ちしています 】
〒102-0071 東京都千代田区富士見2-13-12
株式会社KADOKAWA　MF文庫J編集部気付「汐月巴先生」係　「だにまる先生」係